JN305807

庫

蚤と爆弾

吉村 昭

文藝春秋

目次

蚕と爆弾

一

昭和十九年八月、北満州のハルピンは、まばゆい太陽の光のもとにあった。
すでに太平洋上のサイパン島は失陥し、同島守備の日本軍将兵二万数千名の死体は、南国の陽光にさらされ白骨化のきざしをみせはじめていた。ガダルカナル島をめぐる攻防を境に総反攻に転じたアメリカ軍は、その強大な武力を投入してつぎつぎと諸島嶼（とうしょ）を手中におさめ、日本本土攻撃の有力な拠点であるサイパン島の占領にも成功していたのだ。

満州事変以来最も精強であるといわれていた満州防備にあたる関東軍の兵力は、戦局の窮迫につれて弱体化していた。訓練を充分に受けた将兵たちは、多くの兵器とともに南方戦線に投入され、それと入れ代りに補充された部隊は、内地から送られてきた装備も劣る兵力であった。それらの部隊はソ満国境に送られていたが、移動は秘密裡におこなわれ、列車は深夜をえらんでハルピン駅をあわただしく通過していった。

太平洋方面の戦況の悪化は、ハルピン在住の日本人たちの表情を暗くしていた。さらにヨーロッパ戦線のドイツ軍の日増しに濃くなる敗色は、一層かれらに重苦しい不安となってのしかかっていた。

ドイツ軍は、一年半ほど前の二月二日にスターリングラードでソ連の大攻勢に屈し、敗走につぐ敗走をかさねていた。またアメリカ軍を主力とする連合軍は、各戦線でドイツ・イタリヤ軍に大打撃をあたえ、遂にイタリヤを無条件降伏させた。そして、昭和十九年六月六日には、ノルマンジー上陸にも成功し、ドイツ国内への進撃が急速度にすすめられ、ドイツの敗戦は時間の問題ともなっていた。

ドイツ軍の猛攻にあえいでいた頃のソ連軍は、兵力の大半を対ドイツ戦にそそぎ、ソ満国境に配された兵力も乏（とぼ）しく、国境の緊張は緩和されていた。が、ドイツ軍の敗走によって余力の生じたソ連軍は、当然兵力をソ満国境にふり向けるにちがいなかった。ソ連と領土を接する満州は、ヨーロッパ戦線の影響を直接受けていたのだ。

夏の日を浴びて静まりかえったハルピンの町はずれから、草色の幌(ほろ)におおわれた一台のトラックが、車体をゆらせながら南に向って走り出た。道路は乾燥しきっていて、車の後部には土埃(つちぼこり)が激しく舞い上った。果しなくひろがる草原一帯には壮大な陽炎(かげろう)が立ち、地平線は炎にあおられたように揺れていた。

幌の中には、平服の憲兵に監視された四名の男と一人の女が、荷台の中央に坐らされていた。かれらは、手錠、足枷(あしかせ)をはめられ、眼は黒布でおおわれていた。女性をふくむ三名の者はソ連人で、他の二名は中国人であった。

ソ連人たちは、ソ満国境に近い興安北省で白系露人をよそおい諜報活動をおこなっていた嫌疑に問われ、憲兵隊員の手で特別貨物列車に乗せられてハルピンに送りこまれた。また中国人は、同様に諜報破壊活動をくわだてた容疑で、北京から山海関をへて錦州憲兵隊員の監視のもとにハルピン憲兵隊に引き渡されたのだ。

かれらは、憲兵隊の苛酷(かこく)な拷問(ごうもん)をともなう取調べを受けた。拷問の一つである水を使用する方法は、かれらにはげしい苦痛をあたえた。足をやや高くして仰臥(ぎょうが)させられたかれらの鼻と口に、同時に水が注ぎこまれる。たちまち腹部は水でふくれ上るが、拷問は容赦なくつづけられる。呼吸のできぬ苦しみで五名の囚人中二名が容疑事実をみとめ、他の三名はかたくなに否定しつづけたが、課報員であることは確実と判断されて調査は打ちきられた。

中国の日本軍占領地帯と満州でのソ連人・中国人諜報部員の動きは、きわめて活潑だった。かれらは、占領境界線や国境を越えて潜入し、たがいに連絡をとり合って諜報・破壊行動をつづけていた。これに対して日本軍の各地区憲兵隊と特務機関は必死になって不審な行動をとる者を監視し逮捕に専念していた。五名の囚人も、その張りめぐらされた網に昆虫のようにかかったのだ。

五名の囚人たちは、すでに死を覚悟しているようにみえた。執拗につづけられた訊問と拷問でかれらは肉体的にもいちじるしく衰弱し、荷台の中央に力なく頭をたれてゆれているだけだった。

幌の垂れ布が風にあおられていたが、窓のない内部は暑く、かれらの顔には汗が絶え間なく流れていた。

後方にみえていたハルピンの忠霊塔も、陽炎の彼方ににじんだ。道の両側には、一面の草原がひろがっているだけだった。

ハルピンの町はずれを出てから、一時間が過ぎた。トラックは、無人の草原の中をエンジンをうならせて走りつづけていたが、やがて前方の地平線上に異様なものが浮び上った。陽炎にゆれて輪廓をはっきりつかむことはできなかったが、それは角ばった城廓のような建物であった。

人気のない大草原の中に、忽然と姿をあらわした建物は蜃気楼のようにもみえた。しかし、トラックが進むにつれてそれは、徐々に鮮明になってきた。意外にもその建築物は、ハルピン市街にも見られぬような巨大なビルディングを中心にした建物の群であった。つらなるガラス窓はまばゆく輝き、中央のやや東側には大煙突が淡い黒煙を吐いている。

前方に、建物の群をとりまく高い土塀が迫ってきた。塀の上には鉄条網がはりめぐらされ、衛門には、着剣した兵が十名以上も立ってトラックの近づくのを見つめていた。

トラックは、門の傍で停車した。トラックの助手台に坐っていた憲兵のさし出した書類を将校が目を通す間に、荷台の幌がはねられて内部が検査された。ようやく通過の許可を得たトラックは、土塀の囲いの中にすべりこんだ。正面のビルディングは、さらに高い鉄条網つきの煉瓦塀でかこわれている。

煉瓦塀の衛門で、トラックは再び停車を命じられ、そこでしばらく待たされた。

しばらくして正面の建物の入口から出て来た草色の作業衣を着た男が手で合図を

すると、トラックは、建物の横にまわって小さな入口に車体を寄せた。

荷台の後部がひらかれ、囚人たちは眼かくしされたままトラックの外におろされた。恐怖のためか、それとも長い間荷台に坐らされていたため足が萎えてしまったのか、土の上に崩れるように坐りこんでしまう者もいた。

憲兵が、囚人の腕を荒々しく両側からかかえあげ、建物の中へ連れこんだ。囚人の足は、よろめきがちだった。暑熱にみちた外気とは異ったひんやりした廊下の気配と、扉の重々しく開閉される音がかれらをおびえさせた。

廊下を何度か曲った後、かれらは足をとめさせられ、黒い布をはずされた。一瞬かれらは、息をのんで眼前の光景を見つめた。

長い廊下をはさんで、両側に小さな窓のついた扉でとざされた獄房が長々とつらなっている。それは、今まで各地で収容された獄舎とは比較にならぬほどの大きな規模をもったものだった。

女は、女囚専門の獄房に入れられるため憲兵に腕をつかまれて去り、残りの四名は同じ獄房の鉄扉の中に追いこまれた。

かれらは、扉の小窓から他の獄房をうかがった。新来者を眼にしようとするのか、どの窓にも人の顔がはりついている。ソ連人らしい男の顔もあれば、満人らしい男の顔もみえる。かれらは、一様にうつろな眼をしてこちらをうかがっていた。

ふと、新入りの囚人たちは、奇妙なことに気がついた。小窓からのぞいている囚人たちは、かなり健康そうにみえる。注意してみると、顔がはちきれそうなほど肥えている者も多く、それらは、囚人という概念から遠くかけはなれたものに感じられた。

やがて、理由はあきらかになった。日が没してから運ばれてきた食物が、思いがけず栄養価の高い量の豊富なものであったのだ。

かれらは、たがいに顔を見合せた。毒物でも混入されているのではないか、という不安が胸をかすめた。が、近くの獄房では食器のふれ合う音がにぎやかにきこえ、囚人たちが食物をむさぼり食っている気配がつたわってくる。

空腹が、不安を追いはらった。かれらは、スプーンを手にすると食物をすくった。

囚人たちは、自分たちの収容された建物がハルピン南方の草原にあることを知らなかった。さらに建物が二重の塀でかこまれ、周辺の広大な地域が立入禁止の関東軍特別地域で、その上空を航空機の飛行も厳禁されていることなど想像することさえできなかった。

かれらは、ただハルピンから長い間トラックの熱気にみちた幌の中でゆられ、トラックからおろされた後、廊下を歩き、重い扉の開閉される音をきいただけだった。そして、かれらの眼にできるものは、長い廊下の両側につらなる獄房であり、耳にできるものは周囲からきこえてくる囚人たちの食物をむさぼり食う物音のみであった。

かれらの収容されている場所は、建物の中央部にあたる小部分にすぎなかった。獄房のある一廓を中心に、建物は四方にひろがり、内部には三千人ほどの日本人がそれぞれの仕事に専念している。日本人のほとんどは軍医と軍属で、そのほかには武装した将兵が建物を警護するため巡回していた。

かれらは、囚人を丸太と呼ぶ。よく肥えた丸太――。

本館建物内の飼育室には、廿日鼠(はつかねずみ)、黒鼠などの実験動物が、栄養価のたかい飼料をあたえられてひしめき合っていた。鼠の数は、おびただしい。その荒い毛の中には、肥えた鼠の血をたらふく吸った無数の蚤(のみ)が満ち足りたように腹部をふくらませてうごめいている。

肥えた鼠と蚤。それらは軍医や軍属たちにとって実験用の動物であり昆虫であったが、丸太もその中の貴重な実験動物であったのだ。

草原の中に立つ建物の群をかこむ土塀の長さは、五キロにも及ぶ。

土塀の外には、飛行場が二つあり、塀の中にも飛行場が特設されている。軍医、軍属の宿舎、大食堂、講堂、ボイラー室、発電所などが立ちならび、広場にはプールまで備っている。三千人の日本人たちが、不自由なく生活できる施設が完備しているのだ。

朝の出勤時間になると、宿舎から湧き出た男たちが、中央のビルをかこむ高い煉瓦塀に設けられた衛門に向う。それは、都会のビル街に出勤する人々の群に似ていた。

門では、一人々々が二十名ほどの衛兵によって身分確認を受ける。容貌をはじめ身体の細部にわたる特徴をしるした各人の調書と照合し、身体検査のうえ通門を許される。かれらは、黙々と、壮大なビルの中に吸いこまれていった。

下級の軍属は、外出が厳禁されていた。外出のできる軍医や軍属は、ハルピンに出ることが多いが、軍医、軍属である身分をかくすため襟章等はとりはずしていた。

ハルピンの街を行くかれらは、見えない影におびえたように、落着きのない視線を絶えずあたりに走らせていた。かれらは、第三国の諜報機関の手で拉致(らっち)されるおそれが多分にあった。草原の中の特殊地域の存在はそれらの諜報機関によって当然察知されているはずで、その内情をつかむために軍医や軍属をねらっているにちがいなかった。

特殊地域の探索に専念する第三国の諜報員は、ハルピンにむらがり集っていた。その数は三千名近いといわれ、町の各所にひそんで諜報活動につとめていた。かれらの眼や耳には、さまざまなものがとらえられていた。

かれらは、中国大陸や満州国内で逮捕された二千名以上の囚人が草原の中の特殊地域に送られたことをかぎつけていた。ソ連人は主として諜報活動を目的にソ満国境を越境してきた者たちで、保護院に収容された後特殊地域に消えている。

ソ連人以外の囚人は、各地区の憲兵隊、特務機関に諜報員容疑でとらえられた中国人、満人、蒙古人等で、囚人たちは毎週土曜日の午後、窓のない幌つきのトラックでひそかに特殊地域にはこばれてゆく。

またその地域に各種医療器材以外に多量の鼠が送りこまれていることも、かれらの関心を強くひいていた。鼠は一般の実験につかわれるマウスよりも黒い鼠が多く、満州各地に設けられた特殊機関でかき集められ、貨物列車で絶え間なくハルピンに送られてきていた。

また鼠以外に、蚤の採集がひそかにおこなわれているという意外な情報も得ていた。満人の住居に行って敷物などをめくってみると、その下につもった埃が、炭酸水の気泡のように一斉にはねるのを眼にすることができる。それらの埃をかき集めれば、成虫の蚤を卵とともに容易に採集できるのだ。

課報員たちは、その特殊地域が関東軍防疫給水部の本部で、安達に実験場を、さらに林口、海林、海拉爾（ハイラル）、孫呉にそれぞれ支部をもち、防疫と給水作業以外に特殊な研究実験をおこなっているらしいこともつかんでいた。その研究実験は、戦略上重要な意味をもつものだとは察していたが、詳細な内容については知ることはできなかった。

これらの諜報員の活動を防止するため、多くの憲兵隊員と特務機関員がハルピンに投入されていた。かれらは、満人部落をはじめ貧民街や飲食店、酒場、駅、商店などにひそかに出入りして不審者の発見につとめた。また特殊地域からハルピンに出て来た軍医、軍属が、諜報機関と連絡をとることがないかどうかをさぐるためかれらに対する尾行監視も怠らなかった。

ハルピン市内では、特殊地域でおこなわれている研究実験の内容をさぐろうとする第三国の諜報機関員と、その摘発につとめる特務機関員、憲兵隊員の目まぐるしい動きが際立っていた。

関東軍防疫給水部は、「防疫部」「防疫勤務部」の発展したもので、部長の軍医少将曾根二郎は、この部門の開発創設者でもあった。

かれは、千葉県の豪農の家に生れ親戚の家に養子として入籍したのち、京都帝国大学医学部に入学して細菌学を専攻した。学業成績はきわめてすぐれ、将来に期待を寄せた京都帝国大学総長は、自分の娘を嫁がせたほどであった。

かれは、大学を卒業後、大正十年四月陸軍二等軍医として近衛歩兵師団第三聯隊附となった。そして、翌年八月には東京第一衛戍(えいじゅ)病院に勤務、細菌学研究のため京大大学院に籍をおき、その直後に一等軍医に進級した。

軍務につくかたわら研究に専念していた曾根は、昭和二年に医学博士の称号を得、細菌学者として陸軍部内の注目を浴びるようになった。

伝染病問題は、軍にとって重要な課題であった。その流行は、多くの将兵をたおし戦力を激減させる。殊に戦場では衛生環境も悪く、伝染病が多発する。病原菌は、食物、水等によって体内に入ることが多く、陸軍では陸軍軍医学校を中心として疫病防止の研究をつづけていた。

軍医学校防疫部は、主として腸チフス、パラチフスの予防接種液の製造に従事して全国の各師団に支給し、また赤痢予防薬や各種免疫血清の製造にもつとめていた。

昭和三年、陸軍一等軍医の曾根二郎は、欧米各国の軍事防疫学調査の任を与えられ日本をはなれた。

外遊中にかれが見たのは、各国の陸海軍が伝染病の予防と治療にかなりの力をかたむけていることであった。またドイツとアメリカなどで、ひそかに伝染病原菌を兵器の一つとして使用する研究が開始されていることも知った。細菌を敵側にばらまき、それによって敵の戦力を弱体化させようというのだ。

曾根の頭に、細菌が新たな意味をもつものとして刻みつけられた。それは伝染病を発生させる恐るべき存在だが、逆用することによってすぐれた兵器にもまさる効果をあげることに気づいたのだ。

昭和五年に帰国した曾根は、上司に防疫部門の拡充を強く進言するとともに、強大な軍事力をもつ国々で、ひそかに細菌を使用する戦術の研究がすすめられていることを報告した。そして、わが国でも将来の戦争にそなえて、細菌戦用兵器の積極的な開発が必要であると主張した。

曾根にあたえられた本来の職務は、陸軍の防疫部門の充実をはかることであった。かれは、軍医監小泉親彦の支持を得て、昭和七年軍医学校防疫部の地下教室を改造し防疫研究部を創設した。

研究所主任には曾根が命じられ、かれのもとに五名の軍医が配置された。さらに翌年には近衛師団軍医部長に就任していた小泉の提案にもとづいて、軍医学校に隣接した近衛騎兵聯隊内の五千坪の敷地に防疫研究室を新築し、そこに研究所を移転した。鉄筋コンクリート二階建二千五百九十二平方メートルの規模をもつもので、実験動物室、変電室、ボイラー室、倉庫等が附属していた。

曾根は、細菌学者として創造力にめぐまれた天才肌の男だった。かれは、病原菌の免疫剤をつくる能率をたかめるため、菌を大量に培養できる罐を発明した。その培養罐は十等分に隔壁でわけられていて、そこに溶かした寒天を流しこむことによって菌の大量培養が可能だった。

かれの名を一躍たかめたのは、無菌濾水機（ろすいき）の発明であった。

野戦では、飲料水を確保できるか否かが戦闘の勝敗に大きな影響をおよぼすが、はげしい渇きにおそわれた将兵は、水を発見すればたとえ濁水でも口をつけかねない。その水に病原菌がふくまれていることは充分想像されることで、発病する危険は多分にあり戦力の低下をうながすことにもなる。こうした事態をふせぐためさまざまな方法がとられてきたが効果はうすく、それにくらべて曾根の考案した濾水機は、飲料水問題を見事に解決するものであった。

　この濾水機のなかに雑菌の混入した濁水を入れると、たちまち菌はとりのぞかれ水も清く澄んで良質の飲料水に変化する。この画期的な装置の出現は、陸軍軍部を狂喜させた。

　昭和八年三月十日の陸軍記念日には、曾根の試作した無菌濾水機が九段で天覧に供された。かれは、陸軍軍医学校長の小泉親彦とともにその性能の説明をおこない、天皇をはじめ列席していた人々に深い感銘をあたえた。

　かれは、すでに日本陸軍の防疫学の第一人者となっていた。そしてかれの製作した無菌濾水機は、海軍大演習の御召艦「比叡」にも搭載され、海軍部内からの賞讃も浴びた。

　かれの濾水機研究は、さらに着実につづけられた。

　まず大型自動車に乗せられる濾水機が完成した。車には千五百リットルを入れる水槽がもうけられ、濁水でもなんでも手当りしだいに水を注ぎこむ。水が濾水機を通過すると、毎時千リットルの割合で無菌の清水が流れ出る。さらに、必要に応じて冷却水、冷い炭酸水、熱いお茶なども自由につくれる高い性能をもった給水車であった。

大型車についで小型給水車の試作にも手をつけ、小部隊用の小型濾水機や個人で携帯できるものまで完成した。個人用のものは背にくくりつけるようになっていて、汚れた水を容器の中に入れて手押ポンプで押すと、自動的に清浄な飲料水が得られる仕組になっていた。

その頃、南満州鉄道の柳条湖で線路が爆破されたのをきっかけに満州事変が勃発し、曾根は、濾水機を実戦で試験するため満州に急派された。

事変発生以来、関東軍は、飲料水を得ることに苦痛を味わわされていた。

山岳地帯は清水を得られるが、平地は水にとぼしく、たとえ水源があってもほとんどが汚水であった。軍は、要所々々に井戸を掘ると同時に、それまで使われてきた旧式の濾水機を利用し、浄水剤等も入れて安全な飲料水を得ることにつとめていた。が、それらの装置も薬剤も水の濁りをとるだけにとどまって病原菌を除くまでには至らない。そのため疫病にかかる者がつぎつぎと出て、作戦行動に重大な支障をきたすこともしばしばだった。

新たに発明し製作した濾水機を持ちこんだ曾根は、その性能をたしかめるためあらゆる場合を想定して濾水テストをおこなった。北満州の氷のとける春につづいて、雨季、炎熱の夏季にそれぞれ汚濁した河川の水を入れて濾過させてみた。その結果、汚水の濁りはたちまち消え、病原菌も完全にとりのぞかれた清浄な飲料水を得られることが立証された。

軍では、さっそく一部の部隊に使用し、また昭和八年、新京で断水騒ぎが起きた折にも市内にある池の水を吸い上げて濾過し一般人に供給した。それは、水道の水以上の良水だときわめて好評だった。

関東軍は、曾根式濾水機の優秀性に驚嘆し、この装置は野戦給水上特筆すべきものと中央に報告した。

このような防疫研究にいちじるしい業績を発表していた曾根は、同時に防疫とは全く逆の細菌戦用兵器の研究にも手をつけはじめていた。

欧米視察からもどってきた曾根が、外国で細菌使用の戦術研究がおこなわれていると報告したことは、陸軍中枢部の強い関心をひいていた。そして、曾根も、細菌研究の第一人者としてその戦法が充分に効果を発揮するものであることを熱心に説いてまわった。しかし、それは毒ガスと同じように非人道的な戦法の部類に入るので、極く限られた陸軍中枢部の間のみで検討されるにとどまっていた。

医学者である曾根にとって、銃・砲弾等による殺傷も細菌による殺戮(さつりく)も同じものとしてしか考えられなかった。戦争が、相手国の将兵を一人でも多く殺傷することを目的とするかぎり、細菌の使用が銃・砲弾によるものよりも非人道的であるという理屈は矛盾しているように思えた。軍医であるかれは、日本陸軍の軍人でもあり、医学者としてその専門的知識を戦略上に貢献するのが自分に課せられた職務であるとも思った。

かれは、寒天の上にすさまじい速さで繁殖してゆく細菌を、恐怖の対象としてよりはむしろはかり知れぬ能力をもつものとして意識するようになった。

一般の兵器を製造するのには、多くの資材と多くの労力を必要とする。兵器工場の設備には莫大な資金が投じられ、すぐれた技師たちと熟練した多数の工員が動員される。さらに資源のとぼしい日本では、兵器に使われる資材も外国から多量に輸入しなければならない。そうした多くの手順をへて生産された兵器も敵側の将兵たちを殺傷するには、充分に訓練された将兵によってはじめて可能となる。

それに比べて細菌は、寒天に植えつければ早い速度で自然に大繁殖してゆく。それには、大工場も資材も多くの技師・工員も必要としない。戦場でも訓練度の高い将兵の手をわずらわすことなく、しかも人間を的確に斃（たお）すのだ。

日本陸軍にとって、仮想敵国はソ連であり中国であった。満州に派遣された曾根は、無菌濾水機の実地活用と同時に、戦略的に細菌をいかにして使うかを研究する機関を満州に樹立することをくわだてた。

　曾根のひそかにすすめていた計画は、陸軍省の大臣、次官、軍務局長、軍事課長、医務局長が知るにとどまり、省内でも極秘とされた。またそれを支持する関東軍でも、軍司令官、参謀長、参謀副長のみが承知しているだけであった。

　やがて曾根は、ハルピンの近くに腰を落ちつけると防疫機関の設置に努力するようになった。かれは、軍医少佐であったが、身分をかくすために軍医の標識をはずし、歩兵少佐の階級章をつけて精力的に動きまわった。

　陸軍防疫学の権威であり無菌濾水機の考案者でもある曾根二郎は、その時から黒子のように暗所のみをひそかに動く医学者となったのだ。

二

曾根二郎の内部に、大きな変化がおこっていた。

かれは、少年時代に医学を志した。多くの人を病魔からすくいたいという純粋な願いが、医学への道をえらばせ、京都帝国大学医学部に入ってからは一層その思いはつのった。

軍医となったかれは、伝染病にたおれる将兵の治療にあたり、その予防方法についても寸暇を惜しんで研究実験に熱中した。かれは、病原菌の撲滅に全生活を賭けたのだ。

すぐれた頭脳と努力によって、かれは、防疫学の分野でたちまち頭角をあらわした。無菌濾水機の発明は、かれの名声を不動のものにし、一人でも多くの人間を病原菌の侵蝕から護りたいというかれの悲願はかなりの成果をおさめた。かれは、まさしくその点では良医であった。

しかし、二年間にわたる欧米の軍事医学の視察旅行は、かれに医学を全く別の角度から見つめさせる結果を生んだ。忌むべき伝染病の病源となる細菌が、有力な兵器となる可能性のあることに気づいたのだ。

かれが細菌を兵器として活用すべきだと陸軍中枢部に強い進言をこころみた根底には、かれ自身の個人的な事情もひそんでいた。

かれは、陸軍軍医となってから自分の前途が、決して輝かしい光につつまれたものではないことに気づくようになった。陸軍の軍医にも、学閥が厳として存在していた。優遇されるのは東京帝国大学医学部出身者のみで、陸軍省の医務局の局長をはじめ各部門の課長もそれらの者にすべて占められていた。

曾根は豊かな才能にめぐまれ、研究業績も群をぬいていた。が、どのように努力しても京都帝国大学医学部を卒業したかれは、中央の要職につくことは望めなかった。

かれは、苛立った。自分よりも劣る者が東京帝国大学出身者であるという理由だけで栄進してゆくのを見ることは、かれの自尊心が許さなかった。が、失望し無気力になるには、かれは余りにも才気にあふれ、行動力に恵まれた人間だった。要職につくことが不可能ならば、自分のみしか果せぬ仕事を確立したいと、かれはねがった。そのような心境にあったかれの前に、突然のように細菌戦用兵器の問題がおどり出たのだ。

かれは一つの道がひらけたと思った。それは、陸海軍の軍医をふくむ日本の医学者が、だれ一人として考えもしなかった新しい領域の仕事だった。医師は人命を救うのを目的のすべてとするが、細菌戦用兵器の研究は逆に人を死におとしめることを目的のすべてとする。戦闘の勝敗に直接関係のない軍医が、銃をとり砲をひく将兵に代って勝敗を左右する原因を生み出すという想像は、かれの胸をふくらませた。

かれが細菌戦用兵器の研究に自分のすすむべき道を発見したのは、一軍人として将来起るにちがいない戦争に大きな戦力となることを期待したためであった。かれは、医師であるより以前に軍人であったのだ。

このような考え方から中央にいても要職とは縁のないことをさとった曾根は、満州に自らもとめて赴任すると細菌戦用兵器の研究準備にとりかかった。

細菌戦用兵器の研究を極秘のうちにすすめている欧米各国では、たがいに他国の研究状態を諜報員を放ってさぐろうとつとめているはずであった。日本有数の細菌学者である曾根が、諸外国に対抗してその研究に入ったことも、すでにかれらの諜報網はとらえているかも知れなかった。そうした事態をおそれた関東軍は、曾根の研究所周辺を立入禁止区域として、その警護に全力をつくした。

曾根が関東軍司令部内で会うのは、参謀副長だけであった。二人は、人目につかぬ場所でひそかに会い、もっぱら参謀副長が曾根と陸軍省との連絡にあたっていた。

曾根の研究実験はようやく本格化し、研究所の施設では手ぜまになった。陸軍省と関東軍は協議の結果、規模を拡大することに決定し、昭和十一年には関東軍防疫給水部を新設して、初代部長に曾根二郎を就任させた。

その年は、日本にとって国内的にも国際的にも激しくゆれ動いた期間であった。一月にはロンドン軍縮会議への脱退通告が発せられ、それによって対米英両国との関係はさらに悪化の度をふかめた。また陸軍部内の急進的な青年将校によって二月二十六日に反乱がおこり、内大臣斎藤実（まこと）、大蔵大臣高橋是清、教育総監渡辺錠太郎等が殺害された。そして、この事件をさかいに軍部の政治への進出は急激にたかまり、政党政治は大きく後退した。

陸軍は満州を支配下に置いていたが、その後中国との小規模の衝突が続発し、翌昭和十二年の七月には蘆溝橋事件が発生、中国との本格的な戦争へと発展していった。

そうした中で関東軍防疫給水部は、防疫と給水の任務にしたがいながらも、細菌いた。

まず常識的な方法としては、貯水池、井戸、河川などにペスト、コレラ等の病原菌を大量に投入し、多くの人々を発病させ死亡させることが考えられた。菌をはこぶのは、関東軍司令部内の第二部つまり諜報課の指揮下にある諜報員で、敵の後方に潜入し任務をはたす。

また敵の大軍に致命的な打撃をあたえるためには、おびただしい細菌が必要とされるが、短い時間内で大量に細菌をつくり出す培養装置がなければ、その求めに応じることはできない。そうした必要から曾根は、創意をはたらかせて自らの考案した培養罐を改良し、直径一・五メートル長さ二メートル余の円筒型の培養罐をつくりあげた。

細菌戦用兵器に使用される細菌としては、ペスト菌が最も有効であると判断された。ペスト菌は猛烈な伝染力をもっていて、人畜を確実に死に追いやる。それを敵側にまき散らせば、その戦力に致命的な打撃をあたえることは確実であった。

ペストは、鼠の間で流行する。鼠には蚤が寄生していて、蚤が人間にたかるとたちまちペスト菌におかされる。ペスト菌をひろめるためには、菌を保有する蚤を敵側に大量に送りこむことが最も効果的な方法であると考えられた。

そうしたさまざまな条件を検討しながら曾根部長の構想は、次第に現実的な色彩をおびていった。

大量に細菌をつくることのできる培養能力、無数のペスト鼠とそれに寄生させる無数の蚤。細菌の培養や接種等は危険にみちた作業で、それを完全になしとげることのできる作業員の養成と、それを指導する軍医も確保しなければならない。またペスト菌に汚染された蚤を敵側に送る方法についての研究にも、かなりの人員と資金の準備がいる。これらの研究実験を可能とするためには、大規模な設備が絶対に必要であった。

そうした曾根の要請にもとづいて、関東軍は設置場所をハルピン南方の草原にさだめ、工兵隊に命じて建物をはじめとした諸設備の構築を開始した。眼をさえぎるもののない草原は、建物を望見させるおそれはあったが、逆に監視には有効だった。

工兵隊は、突貫工事をかさね土木機械も動員して建築に全力をかたむけた。かれらは、交通機関から遠くはなれた大草原の中の巨大な建物の建築計画をいぶかしんだ。むろんかれらには、その建物がどのような目的で作られるのかはうかがい知ることもできなかった。

やがて、壮大な建物をそなえた関東軍防疫給水本部が完成した。

曾根は、自ら企画した細菌戦研究機関が眼前の施設として実現したことに満足していた。陸軍省からの研究資金も豊富に支給され、軍医、軍属も千名を越えた。かれは、本部建物が一大細菌生産工場としての内容を充実させる日を夢みた。

昭和十四年が、明けた。

中国大陸での戦火は、広大な地域にわたる本格戦争に発展していた。首都南京を攻略した日本軍は、徐州についで武漢三鎮をも手中におさめたが、戦争収拾の目安のつかぬ苦境に追いこまれていた。

日本をめぐる国際情勢もますます険悪化し、日・独・伊防共協定の締結に脅威を感じたアメリカ・イギリス両国の対日圧迫は日増しに強くなっていた。

ソ満国境にも不穏な動きがみられた。前年の七月十四日には張鼓峰で日本軍とソ連軍の間で衝突が発生し、約一カ月後には停戦となったが、それをきっかけに国境一帯はにわかに緊迫の度をくわえるようになっていた。

その後約十カ月ほどたった昭和十四年五月十二日には、外蒙と満州の国境のノモンハンで外蒙軍と満州国軍との間で戦闘が発生し、ソ連軍と日本軍の全面的な衝突となった。

装備と兵力にまさるソ連・外蒙連合軍の攻撃はすさまじく、日本軍は徐々に劣勢に立たされた。それは独断的に行動する関東軍と陸軍中枢部との意見が疎通を欠いたからでもあって、やがて日・ソ両国の間で停戦協定がむすばれ、戦火はやんだ。

曾根の指揮する関東軍防疫給水部は、ノモンハン事件に出動して活潑に行動した。戦闘のおこなわれた地区一帯は良好な飲料水がとぼしかったが、防疫給水部は無菌濾水機を駆使して飲料水の確保につとめ、その目ざましい功績をみとめられて感状を授与された。

ノモンハン事件は、日本陸軍に痛烈な打撃をあたえた。中国大陸に大兵力を投入していた関東軍の戦力には往年の強大さはなく、それと対照的に極東ソ連軍は、装備、兵力ともに増強され両軍の戦力の差はあきらかだった。

日本陸軍は、その戦力の差をおぎなうためにも曾根が研究をすすめている細菌使用の戦法を一層重視し、一日も早く実戦に利用できるように督促した。

関東軍防疫給水部の研究は、関東軍の熱心な援助のもとに一段と進展していた。細菌を敵側に送りこむ方法としては、諜報員の手による河川等の汚染以外に、大砲で発射される砲弾や航空機から投下される爆弾に菌をつめこむことも検討された。

また敵の後方に、航空機を利用して病原菌を培養した寒天の細片を直接撒布する方法も考えられた。その場合には広範囲に無数の細菌を撒布するためにかなりの高空から寒天をまく必要があった。がそのような高空からでは、細菌は死滅してしまうにちがいなかった。

曾根は、細菌をなんとかして生かしておく方法はないかと思案をかさねた。そのために細菌をなんらかの殻でつつんで保護することはできないかと考えた。

やがて、かれの頭に、閃光のようにかすめすぎるものがあった。それは、蚤であった。

ペスト鼠の血をすった蚤は、ペスト菌で汚染され、しかもその体内で菌をはてしなく繁殖させている。蚤は、ペスト菌を多量にふくむ容器のようなもので、そのうえ移動性を発揮して地上に降りてから人畜に寄生してゆくだろう。それは、人工的には決して作り得ぬ素晴しい細菌をはこぶ容器に思えた。

結論として、爆弾にペスト菌をふくんだ蚤をつめこんで投下することが、最も有効と判断された。しかも、爆弾を地上からかなりはなれた上空で炸裂させれば、蚤は広範囲にばらまかれるだろう。

曾根は、細菌戦用兵器に最も重要な役割を演じるのは、蚤だ、と思った。その蚤を大量に確保するには、蚤が好んで寄生する鼠を大量に飼育しなければならない。結局、かれは、蚤と鼠を手中におさめることが細菌戦用兵器の成否を決定するものであることを知った。

曾根は、海拉爾、海林、林口、孫呉の四支部に鼠の捕獲と蚤の採集を担当させて本部へと送らせた。やがて本部建物の飼育室には、数十万匹の鼠と数億匹の蚤がひしめくようになった。そして、これらの鼠には作業員によってペスト菌が注入され、寄生していた蚤はたちまちペスト菌に汚染された。

作業員は、厳重な予防着を身にまといゴム手袋、長靴で皮膚の露出をふせいでいた。そして、鼠を解剖してペスト菌のついた内臓を培養基に植えて菌の繁殖につとめたり、櫛ですいて汚染された蚤をとり出しては未感染の鼠に寄生させたりした。その作業は感染の危険がきわめてたかいので、かれらは、作業室へ出入りする時に消毒液を浴び、さらに作業が終った後には必ず消毒薬の入った浴槽につかった。しかし、それでも多くの軍医、軍属がペスト菌におかされて生命を失っていった。

曾根軍医大佐は、昭和十四年六月、中支那方面軍防疫給水部長に赴任した。軍務につくことによって進級の機会をあたえられたのだが、実戦のおこなわれている中国大陸の第一線で細菌使用の戦法を指導するということがその人事異動の主な目的であった。

かれは、南京に駐屯していた特殊部隊の部隊長として諜報員千五百名を指揮し、ペスト菌などの培養と大量の蚤と鼠の飼育をはじめた。

部隊の任務は、諜報員を中国軍統治地域に潜入させてペストに汚染された蚤を兵舎や人家に放ち、また河川、井戸等にチフス菌、パラチフス菌等を投入することであった。つまり曾根は、その部隊を中国大陸での細菌戦を実施するための実戦部隊としようとくわだてたのだ。

中国に派遣されている間、かれはスパイ容疑で逮捕された中国人俘虜が斬首されるのを何度も目撃した。俘虜は、処刑される前にスコップで自らの死体を入れる穴を掘らされ、そのかたわらに後手にくくられて坐らされる。ふり下された日本刀が首に食いこむと同時に、俘虜の体は穴の中に前のめりに落ちるのだ。

曾根は、処刑に立ち合うたびに、満州にいたころ陸軍省との連絡役を担当してくれていた関東軍参謀副長の口にしたことをしばしば思い起した。

或る日参謀副長のもとに、国立大学の外科医三名が内地から訪れてきた。かれらの訪問の目的は、捕えられた匪賊(ひぞく)の斬首された首の断面が見たいのだという。

かれらは、陸軍省の諒解を得てきていたが、参謀副長はその申し出に呆れるとともに内地の一般人に処刑をみせることは好ましくないと思った。

しかし、外科医たちは執拗だった。かれらは、口をそろえて言った。――健康な人間の首の断面を眼にすることは、平常の場合絶対にといっていいほどあり得ない。人体のすべてを熟知していなければならぬ外科医としては、残念でならない。もしそれを眼にし観察することができれば、外科医学になんらかの資料となるはずだと。

参謀副長は、外科医たちの熱意にまけて、吉林の部隊に紹介してやった。かれらは、そこで斬首の巧みな曹長とともに行動して、数体の首の切断面を入念に調査した。そして、二週間ほどしてから参謀副長に御礼のために立ち寄ったが、かれらはひどく満足気に調査結果を報告して内地へ帰っていったという。

「医者というものは、熱心なものですな」

参謀副長は、その時感にたえたように曾根に言った。

医学実験は、動物を使用することによって研究の成果を或る程度たしかめることができる。しかし、実験に供される動物は、あくまでも動物にすぎない。人間は、実験動物よりもはるかに複雑で全く異質のものであると言ってもいい。出来れば人体で実験を……というねがいは、積極的な研究実験者の中に無意識ながらもひそんでいるはずだった。

首の切断面を観察にきた三人の外科医の心情もそれに類したもので、実験動物の使用に飽き足りずに海を渡ってやってきたのだろう。

曾根は、細菌戦用兵器の研究という国防上重要なものにとりくんでいるかぎり、研究を達成するためにはかなり思いきった行動をとっても許されるはずだと考えた。動物をつかって実験をくり返すよりも、直接人体を使用して実験する方がはるかに効果的であることはまちがいない。戦場では、連日のように多くの俘虜たちが処刑されている。それらは銃殺され首をたたき落されて、土中に埋められてゆく。

かれは、それらの死体を惜しいと思った。どうせ死んでゆくものなら、実験動物代りに使用して軍事医学の研究に役立てる方が軍にとって有益だと思った。が、それは、自分の願いを正当化しようとする口実であることを、かれ自身も充分に知っていた。かれは、医学者として果せぬ夢を実現してみたかった。生きた人間を実験動物の代りに使用するという想像もできないことを、自分の手で満足のゆくかぎり実行してみたい。幸いにも戦時という環境は、それをゆるす可能性を秘めている。祖国のために……という大前提が、かれの希望をみたしてくれるはずだった。

北支戦線では、凍傷になやむ将兵が多かった。かれは、手はじめに俘虜を使ってその治療法をさぐってみようと思った。そして、上司に願い出て処刑の確定した俘虜十名ほどをゆずりうけた。

曾根は、部下に命じて厚着させた俘虜を深夜凍てきった戸外にひき出させた。そして、下半身をおおう布をすべてはぎとらせると、氷の上に坐らせた。

寒気が、俘虜たちの露出した皮膚をかみ、肉を凍らせた。たちまちかれらの下半身は、凍傷におかされた。

曾根は俘虜を室内に引き入れ、ベッドにしばりつけさせた。そして、一人々々に異った薬品を塗ったり、温湯につけてみたりしてその結果を観察した。しかし、患部は急速に悪化して下半身はただれ、足の骨が露出するまでになった。……俘虜たちは、呻きながら一人のこらず死亡した。

曾根の凍傷実験は、飽くことなくつづけられた。軍もその実験に協力して各部隊から処刑確定者をつぎつぎと送ってきたので、実験対象には事欠かなかった。

やがて、かれは、凍傷治療に最も有効な方法を見出した。それは、患部を摂氏三十七度の温湯につけるという簡単なやり方で、その部分は凍傷におかされることはなかった。この報告は、ただちに陸軍省にもたらされたが、なお研究の要ありとして採用までにはいたらず、北支軍のみに採用された。

或る前線部隊では、凍傷患者が出たが作戦行動中であったので火を起し湯をわかすことができない。思案に窮して、部隊員全員を大きな槽のまわりに集めて放尿させ、体温に近いその液の中に患者を漬けさせて凍傷からすくったという例もあった。

曾根は、そうした実験をおこなうかたわら特殊部隊の指導にあたっていたが、その目的もほぼ達成できたので中国大陸をはなれて満州へもどり、再び関東軍防疫給水部長として細菌戦用兵器の研究に専念する身となった。

かれは、中国大陸で中国人俘虜を使用した凍傷実験を忘れることができなかった。動物を使った実験では凍傷の治療法が発見できなかったのに、人体実験によって短時日のうちに有効な手がかりをつかむことができたことはかれにとって大きな刺戟となった。

細菌が人体に侵入して発病させるには、さまざまな条件がある。細菌を使用する戦法としては、むろん最も激烈にしかも早く感染させる方法をつかみたかったが、実験動物を使用していては正確な答を得ることは困難だった。

上空から細菌を撒布する方法、ペスト菌に汚染された蚤を入れた陶器製爆弾を投下する方法、ビスケット、チョコレートなどに病原菌をひそませてまき散らす方法、細菌を発射する拳銃等、さまざまな細菌戦用兵器の試作はつづけられている。が、その効果をたしかめるためには、人体を利用する以外にはないと判断した。

かれは、関東軍総司令部に細菌による戦法確立のためには人体実験をおこなうべきである、と力説した。中国大陸の戦争が解決のきざしもなく、ノモンハン事件でソ連軍の強大な兵力を知らされた関東軍は、細菌戦用兵器研究に専念する関東軍防疫給水部に対する期待も大きく、曾根の願いは即座に受けいれられた。

人体実験に供される囚人の人選がおこなわれた。それらは、特別移送扱として中国大陸や満州各地の収容所から、貨物列車に押しこめられてハルピンに送られてきた。

かれらは、眼かくしをされて窓のないトラックに押しこまれた。

トラックは、草原の中の道をひた走りに走った。かれらの収容される関東軍防疫給水部の建物は、無数の鼠と蚤のひしめく孤絶した世界だった。

三

中国大陸や満州各地から関東軍防疫給水部に送りこまれる囚人たちの旅は、長いトンネルを行くのに似ていた。押しこまれた貨車には窓もなく、ただレールのつぎ目に車輪の当る音をきくだけだった。

やがて貨物列車がとまると、かれらは眼をかたく黒布でおおわれ、幌つきのトラックに乗せられ、いずこともなく運ばれる。トラックが停止し、軍人らしいかん高い日本語がきこえ、かれらは土の上におろされた。そして、腕をとられて建物の内部に連れこまれると、長い廊下を歩かせられた。

突然、扉のしまる重々しい音がかれらをおびえさせた。それは、ギロチンの重い刃が落下するようにも感じられた。

しかし、その音は、旅が終ったことを告げていた。黒布をとりのぞかれたかれらは、長く伸びた廊下とその両側につづく多くの獄房を眼にするのだ。

かれらは、手錠をはめられたまま獄房に投げこまれる。背後で鉄の扉が音をたててしめられ錠をかける音がした時、かれらは、ここが生命の断たれる場所だと覚悟する。

かれらには、そこがどの地点にあるのか、どのような建物の内部にあるのかわからない。が、物々しい獄舎の規模から察して死刑囚専門の収容所であり、自分たちを待つのは、銃殺刑か絞首刑か、それとも日本軍の特異な処刑方法である斬殺にちがいないと思った。

かれらの大半は、実際に諜報活動をおこなった者たちであった。捕えられれば、一般の俘虜とはちがって国際法の庇護もうけられず、死を科せられてもやむを得ぬ運命にある。諜報活動に従事しそれが発覚して捕えられたかれらは、死からのがれることはできないのだ。

獄房に投じられたかれらは、囚人特有の鋭い勘で、同じように死を待つ人間たちが建物の内部にかなり数多く収容されていることに気づく。足枷の鎖をひきずる音、監視人の耳をはばかるかすかな私語（しご）、そして息づかいなどが、房の壁を通して遠い潮騒（しおさい）のようにつたわってくるのだ。

囚人の数が多いことは、処刑の日が今日か明日かというさし迫ったものではないことをしめしているように思えた。集団的な処刑がおこなわれないかぎり、処刑者には事務的な順序がある。入獄した月日の古いものから、首を斬り落され縄に吊るされ、体に銃弾を射込まれるにちがいなかった。

そうした判断は、かれらにとってわずかな救いとなった。処刑の日がのびることは、なにかその間に奇蹟的なことが起って死からのがれられる可能性もある。

またかれらは、入獄した日から奇妙なことに気づいていた。それまで各地の収容所を転々としてきたかれらは、食物とはいえぬ粗末なものしかあたえられなかったが、その獄舎では毎食肉類や新鮮な野菜がふんだんに提供される。鉄製の扉の小窓からうかがうと、他の小窓からのぞく囚人の顔は、陽光を浴びぬため青白くはあったが例外なくひどく肉づきがいい。獄舎という特殊な環境にあるだけに、小窓からのぞくそれらの顔はよく肥えた食肉用の家畜のようにさえみえた。

新たに投獄された者たちは、中国大陸や満州各地の憲兵隊員の苛酷な拷問で、かなりの傷を負っていた。また水を腹部にそそぎこまれる拷問と貧しい食事で一様に消化不良をおこしていた。かれらは、治療も受けず放置されていたため、傷は化膿し、重い下痢症状になやんでいた。

そんなかれらに、獄舎の監視人は、一人々々入念に傷の手当をしてくれたり、症状に応じて調合した消化剤をのむようにすすめてくれたりする。入浴の施設もあるし衣服の洗濯も頻繁におこなわれ、囚人に対する取扱いとしては破格の待遇に思えた。

さらにかれらを驚かせたのは、運動不足をふせぐための戸外散歩が定められた日に許されているということであった。

かれらは、手錠と足枷をつけたまま房から出されると、舎外へ連れ出される。それは、獄舎の建物の外観を眼にすることのできる唯一の機会でもあった。

獄舎は二階建で、同型のものが二棟平行してならんでいた。

しかし、かれらには、大草原もそこに立ちのぼる壮大な陽炎も眼にすることはできない。四囲には高い鉄筋コンクリートの建物がそびえ立っていて、二カ所にうがたれた出入口も鉄の扉でとざされ、外部の風景は建物によって完全に遮断されている。いわば二階建の獄舎とその周辺の空地は、高層建築の建物の底に沈んでいるのだ。

正方形の深い谷間。そこには、陽光もとどきはしない。空地には、陰湿地帯のように弱々しげな雑草が蘚苔類（せんたいるい）の執拗なひろがりに圧倒されて、所々に細い茎（くき）をのばしているにすぎない。

囚人たちの眼にできるのは、絶壁のようにそそり立つ窓もない周囲の建物の外形と、その上にぽっかりとひらく正方形の空。そして、建物の屋上にもうけられた監視哨からは下方に擬せられる兵の小銃がみられた。

そんな環境の中ではあったが、囚人たちは一刻の散策をたのしんだ。かれらは、苔(こけ)の上に撒かれたように咲く微細な花弁に眼を落したり、しばしば正方形の空を仰いだ。

雲が、流れてゆく。雨もよいの空の色のうつろいも眼にうつる。きわめて稀(まれ)なことではあったが、その空を鳥の影がかすめ過ぎるのを眼にすることもあった。

思いもかけぬ獄舎の扱いを、かれらはいぶかしみながらも、一つの結論を見出していた。もしかすると、獄舎の管理者側は、自分たちを処刑する意志はないのかも知れない。殺さずに生かしておくための理由があるとしたら、それはただ一つしかない。

諜報員は、本質的に二つの相反した機能をもつ。相反したというよりは、全く同種の機能といった方がいいかも知れない。諜報員は、日本軍の機密をさぐるために敵側から放たれた。もしもかれらに偽りの情報を故意につかませて敵側につたえさせれば、日本軍に有利な状況が生まれる。また捕えた諜報員を日本軍側に引き入れて敵側に潜入させ、それが敵側に発覚しなければ貴重な諜報蒐集源ともなる。

獄舎の囚人たちを利用するとしたら当然後者で、逆スパイとして使用するために処刑もせず優遇しているのではないかと想像された。

かれらにとって、不可思議な獄舎の扱いを判断するのにそれ以外の理由は見出せなかった。捕われた諜報員には確実な死が予定されているのみで、豊かな食物も懇切な治療も、まして戸外散策などは無縁のものであるはずだった。

囚人たちが、獄舎の管理者側に処刑の意志がないらしいと察したことは、その限りにおいては正しかった。が、逆スパイに利用するのではないかという推定はあやまっていたし、日本軍側は初めからその意志を完全に捨てていた。

日本軍は、かれらの生命を断つことをすでに決定していた。が、処刑のわずらわしさを避けると同時に、実験動物と同じような材料としてこの獄舎に送りこんだだけなのだ。

ハルピンの憲兵隊からは、関東軍防疫給水部本部に、

「丸太を送る」

と、電話が入る。

枯木のように痩せた丸太もあれば、傷ついた丸太もある。男の丸太、女の丸太。

丸太は、眼かくしされて草原の中の道をはこばれ、獄房に投げこまれる。

かれらは、実験を受けるに充分な肉体をつくり上げられるため、栄養価の高い食物をあたえられ薬品を提供されていたのだ。

やがて管理者側の意志が、はっきりとした形で囚人たちにしめされる時がやってきた。

或る日一つの房から数人の囚人がひき出された。かれらは、その日が戸外散策日であることを知っていて獄舎の外に出る。

しかし、間もなくかれらは、それが散策のためではないことを知らされる。監視人は、かれらを縄で数珠（じゅず）つなぎにし、空地を横切ってゆく。そして、四囲にのしかかるようにそびえ立つ建物にうがたれた出入口へ近づく。

囚人たちの顔に、おびえの色がひろがる。鉄の扉がひらき、かれらはその内部へひき入れられた。その瞬間から、かれらは、特殊な世界の中に身を置いたのだ。

二棟の獄舎をとりまく関東軍防疫給水部の壮大な建物は、細菌学者曾根二郎軍医大佐によって八つの部門にわけられていた。

第一部は、細菌戦に使用される細菌の研究中枢部で、ペスト、コレラ、パラチフス、腸チフス、ガスえそ等の菌が培養され、それらの菌が兵器としてどのような効果をもつかが多くの軍医・軍属によって鋭意研究されていた。

その区劃の中には、いくつかの実験室がもうけられていた。それは実験動物を使用するためにあるのではなく、囚人を実験材料として使用するためのものであった。

第二部の内容は、多彩だった。

この部門では、第一部でまとめられた研究結果の可否を確認するための野外実験を主な任務としていた。

実験は、建物の近くでもおこなわれるが、遠くはなれた安達駅特設実験場もしばしば使用された。その特設実験場はむろん厳重な立入禁止の措置がとられていて、その広大な敷地で大規模な実験をおこなうことができた。

これらの野外実験も囚人たちを対象とするためにもうけられていたもので、空中から細菌をつめた爆弾やペスト菌に感染した蚤をふりまく実験が予定されていた。

そのため、この第二部には、特別飛行隊も所属していた。

関東軍防疫給水部の建物の周囲をとりまく土塀の中には飛行場があり、さらに土塀の外の草原にも長い滑走路をもつ二つの広大な飛行場がある。格納庫はすべて土塁によっておおわれ、その中に重爆撃機、軽爆撃機、旧式爆撃機各二機計六機と、旧式飛行機、輸送機が十機近く格納されていた。

またこの部門では、陶器製爆弾、万年筆型細菌拳銃、ステッキ型細菌銃、細菌チョコレートなどの特殊兵器の研究試作もおこなわれ、野外などで試作兵器のテストがつづけられていた。殊に、陶器製爆弾は、防疫給水部長曾根二郎を中心に研究開発された創意にみちた特殊爆弾であった。

曾根は、蚤が細菌の保護容器であると同時に、すすんで人体に寄生してゆく得難い存在であることに気づき、それを敵側に撒布する方法についての研究に没頭していた。

最も簡単な方法は、敵地に特殊要員を潜入させて兵舎や人家に細菌蚤を放つことであった。それは確実な効果の期待できる方法ではあったが、潜入者が敵側にとらえられた場合には細菌蚤の機密をさとられるおそれもあるし、また広い範囲に短時間内で蚤を撒布するには不充分な方法だった。

かれは種々検討をつづけた結果、細菌蚤を多量につめた爆弾を飛行機から投下することを思いついた。この方法によれば、目的の場所にしかも大量の細菌蚤を瞬間的にばらまくことができるはずであった。

かれは、早速細菌蚤を爆弾の中につめて安達駅特設実験場で飛行機から投下させてみた。しかし、地上に散った細菌蚤は、炸裂時におこる高熱でことごとく焼死し、むろん細菌も死滅していた。

　かれは、この失敗にもとづいて低温爆弾の研究試作に取りくんだ。かれは、陸軍の爆弾・火薬研究者たちに何度も会っては、高熱を発しない爆弾の研究試作につとめた。

　そのうちかれは、自分の欲する特殊弾が、爆弾という概念とは本質的に異ることに気づくようになった。通常の爆弾は、投下されると対象物にあたって炸裂する。その目的は物を破壊することであり、その要求をみたすため爆弾・火薬の研究者たちはそのことに焦点をあてて、より破壊力の強大なものをとねがう。

　しかし、曾根の胸にえがく細菌爆弾は、その使用目的からして通常爆弾のもとめる破壊力が逆に害となる。爆弾が割れて、細菌蚤が死滅せずに散ればそれでよいのだ。

　炸裂時に高熱を発しないためには、まず鉄製のものを避けるべきだと判断した曾根は、簡単にくだける陶器製の爆弾を思いついた。材料を粘土にすれば製造も簡単だし、軽くて持運びも便利にちがいない。

　かれは、陶器製爆弾の本格的研究試作に入り、一年後に漸く満足すべき特殊弾の試作に成功した。

それは、粘土を砲弾の形をした石膏（せっこう）の型に流しこんで砲弾の弾筒としたもので、特別の窯で焼いたものであった。長さは七十センチメートルから八十センチメートル、直径は二十センチメートルであった。

内部はうつろで、底部にうがたれた小さい孔には曳光（えいこう）信管がはめられていた。そして、弾筒の表壁にジグザグの溝を刻み、その溝に弾薬を充填（じゅうてん）して弾筒を爆破する仕組みになっていた。

この陶器製爆弾の弾筒はうすく容易にこわれるので、爆薬もごくわずかですみ爆破力も小さい。そのため蚤は、爆発の折に発生する風圧や空気の抵抗にさらされることも高熱を受けることもなく、蚤が死ぬはずはないと推定された。

またこの第二部は、蚤と鼠と細菌の充満する世界でもあった。

鼠と蚤は、孫呉、海拉爾、海林、林口にそれぞれおかれた支部から貨車やトラックに積みこまれて続々と本部の第二部に送りこまれてくる。

曾根は、細菌戦用兵器の成功するか否かは、鼠と蚤の確保如何にあると判断し、

「鼠を三百万匹飼育せよ」

という厳命を発していた。

それにもとづいて、各支部では、鼠の特別捕獲班を編成し鼠の姿を追った。満人住宅には鼠がおびただしく走りまわり、捕獲班はかなりの量の鼠を収集していたが、さらに、

「鼠は、ペスト流行のきっかけをつくる」

と、満人に警告し、捕獲器を大量に配布して捕えた鼠を支部にとどけさせたりした。

それらの鼠は、大きな金網の籠に入れられ、容器につめこまれた蚤とともに本部へ発送された。

鼠は、第二部に設けられた四つの特別室に収容され、蚤とともに大々的な繁殖がおこなわれていた。

部屋の中は、汗ばむような一定温度にたもたれていた。温度計は摂氏三十度の目盛をしめし、それ以下でも以上でもなかった。

鼠も蚤もその程良い暖気の中で、ぬくぬくと育っていった。鼠にあたえられる飼料は、穀類、野菜屑、塩のほかに、成長をうながすため圧縮された肉の乾燥粉末さえあたえられていた。それらの恵まれた環境と飼料で鼠は驚くほど肥え、あり余る精力を頻繁に交尾することによって発散し、絶え間なく仔を生み落していた。

四つの特別室は、暖気の中で鼠の体からにじみ出る匂い、排泄物、もみがらなどの匂いがまじり合い、飼育に従事する作業員の衣服や体にしみ入っていった。

しかし、これらの鼠も、ただ多くの蚤に体血を吸われるいわば蚤にあたえられる餌にすぎなかった。曾根二郎の欲しているものは大量の蚤であり、鼠はそのための犠牲にすぎなかったのだ。

蚤は、高さ三十センチメートル、幅五十センチメートルの金属製の容器の中に入れられていた。蚤がとび出すことをふせぐため、容器には二重の金網のついた蓋がはめられ、さらに金網ばりの箱の中におさめられていた。

容器の底には、もみがらが敷かれ、十匹ほどの蚤が入れられていた。そしてその中に、ペスト菌を注射した鼠が放たれる。鼠が蚤を食うことをふせぐため、その趾（あし）は容器にしばりつけられて身動きできぬようにされていた。

肥えた鼠は、蚤によって絶好の食欲の対象であった。たちまち蚤は、鼠の体にとりつき体毛の中にわけ入って皮膚に鋭い口吻（こうふん）をつき立てる。ペスト菌をふくむ鼠の血液は蚤の体内に吸収され、蚤はペスト菌に汚染された。

快い暖気、もみがらの敷かれている容器、新鮮な鼠の血液、そうした恵まれた条件が蚤をたくましく成育させ、活潑な交尾をともなってもみがらの中におびただしい卵を生みつけた。

　卵はつぎつぎとかえって、成虫の蚤になってペスト鼠の体にむらがる。それらは、完全なペスト蚤となり、一カ月の間に、一つの容器から五グラム程度の蚤が採集された。

　このような蚤を繁殖させる容器は四千五百個あり、第二部の蚤繁殖班は、月平均二十二キロ強のペスト蚤を得ていた。

　これらの蚤に血を吸いつくされた鼠は、次々と死骸と化して焼却されていった。が、鼠はその旺盛な生殖能力を発揮して繁殖をつづけ、補充にこと欠くことはなかった。

　第三部は、関東軍防疫給水部の看板をハルピン市内にかかげていた。一般的な防疫給水が主任務で、疫病の治療と予防のための病院も附属していた。

　この第三部は軍にとって不可欠のものであり、部員はその仕事に専念していた。しかし、その裏面には、細菌戦用兵器研究機関の一部としての重要な役割もはたしていた。それは、第一部で試作した陶器製爆弾の大量生産を担当していたからであった。厳重な警戒によって立入禁止とされている秘密工場では陶器製爆弾が続々と作られ、深夜トラックで草原の中の本部へと送られていたのだ。

また第四部は、一大細菌製造工場であった。

ここでは、細菌を培養する寒天、ペプトン、肉汁などを煮る一トン容量の巨大な釜が十六個そなえられていた。つまり十六トンの培養基が生み出されていたのである。

それらの寒天は、曾根の発明した大量細菌培養を可能とする曾根式培養器に流しこまれ、その後、培養器ごとに高圧自閉器内に入れられてから冷却され、九つの培養室へ運びこまれた。

培養室は、一定の温度にたもたれていて、そこではじめて寒天を主とした肉汁などの培養基に細菌が植えつけられる。

部屋は、それぞれの細菌の繁殖に最も適した温度と湿度が巧みに調節されていた。或る培養室の内部は南方の密林のような暑さと湿気にみち、その中で細菌はゆたかな養分をふくんだ寒天の表面ですさまじい繁殖をしめしていた。菌は菌を生み、寒天はたちまちそれらの触手によっておおわれてゆく。

わずか二十四時間以内にコレラ、チフス菌は寒天を完全におおい、四十八時間後にはペスト菌と炭疽(たんそ)病菌が培養基を占めた。

繁殖が飽和状態に達すると、培養器はベルトコンベアで別室に移され、そこで細菌の掻きとりがおこなわれる。

作業員は、白金製の微細な耳朶状の匙で細菌の附着した寒天の表面をすくい上げ、保存用のガラス管の中に移し入れる。そして、冷蔵室内におさめられた。

つまり第四部は、曾根二郎のひきいる関東軍防疫給水部の細菌供給源であったのだ。

第五部は、特殊要員の教育をその任務としていた。

要員教育は、大別して二つに区分されていた。一つは、敵側に潜入して細菌戦用兵器を実戦に使用することを目的としたもので、一線部隊から多くの将兵がその使用法を習得するために派遣させられてきていた。

また細菌戦を実施するためには、細菌を供給する機関を前線近くに設けなければならない。それには、鼠や蚤を飼育繁殖させ、さらに細菌の培養をすることのできる技術員が必要となる。このような要請にもとづいて関東軍防疫給水部第五部は、各地区部隊から選抜されてきた将兵たちに、細菌戦用兵器の知識をあたえ、その技術教育にあたっていた。

第一部から第五部までの組織は、細菌戦用兵器の研究、実験、試作、製造、教育の重要部門で、このほかに庶務部、通信部、医務部が附属していた。

曾根は、この大規模な兵器工場を統率していることに大きな誇りをいだいていた。すぐれた細菌学者であると同時に、弾力的な頭脳にめぐまれたかれは、つぎつぎに独創にみちた業績を生み出してきていた。

それは、画期的な曾根式無菌濾水機の完成や、大量培養を可能とする培養器の考案となってあらわれ、さらに細菌兵器の研究にも充分に発揮された。細菌を外気にさらすことなく、それを保護する殻として蚤をえらんだことは、細菌を本格的な兵器として使用し得る道をひらくきっかけをあたえたものであり、それを思いついたのは曾根の頭脳の非凡さをしめすものであった。

また陶器製爆弾の発明も、単なる細菌学者の思考の範囲をはるかに越えたものであった。蚤を死滅させずに広く撒布し、しかも安価で短時間に製造できるその特殊弾は、爆弾研究専門家をも驚嘆させた。

かれの創意は、果しなく未開拓の世界へと足をふみ入れていった。敵地に潜入する者に携行させるために作り出した細菌を注入したチョコレート、細菌を霧のように発射する万年筆型拳銃、ステッキ型細菌銃と、かれの研究・試作はとどまるところを知らない。それらの研究の成果をたしかめる上でかれを最も喜ばせたのは、実験動物同様に囚人の使用を許されていることだった。しかもそれは、絶えることなく後から後から提供される。実験動物では得られぬ資料が、それらの人体を使用することによって手中にできるはずであった。

そうした恵まれた環境は、戦場である中国大陸に近い臨戦態勢下にある満州だからこそ可能なのだということを、かれも知っていた。豊富に供給される人体を実験材料に使用できることは、医学研究者の夢であるとも思った。

かれは、自分のほしいままにしている恵みを親しい医学者にもわかちたいと思った。と同時に自分のくわだてている国家的大事業に、一人でも多くのすぐれた人材の参加を欲した。そして内地にもどるたびに、多くの医学者たちの参加をすすめた。

が、すでに中国大陸、満州に人体実験をもとめて単独で海を渡ってきていた学者は多く、その結果を公けの席で発表する者すらあった。

遺伝学の権威である或る大学医学部教授は、昭和十四年十二月厚生省会議室で多くの人々を前に「人類の染色体」と題する講演を試みた。

「私、ふと考えたことがあるのです。満州では匪賊(ひぞく)討伐をしておりますが、こんどはその匪賊の睾丸(こうがん)を材料に遺伝学的研究をしてみたらどうだろうか。どのみち匪賊は殺してしまうのだから、と考えついたのです。

しかし、匪賊の睾丸をしらべるからという理由で文部省の出張命令を受けるわけにもゆきません。それで、鳥類を研究するということにして満州へ渡りました。そして特務機関と連絡をとり、奉天の医科大学にも協力をお願いして時機到来をまっていますと、非常によい材料を手に入れることができました。もとより捕えてきた匪賊の一人です。

この材料をどういう方法で薬品処理をしたか、お話をすれば学問の進歩をはかる一つの歴史上のエピソードになるとは思いますが、重大な問題でもありますので、しばらくは口をとざしておきます。

匪賊を一人犠牲に供しましたことは、天地神明に誓って無意義ではありません」

と、教授は、にこやかな表情をして語った。

この教授の考え方は、当時内地の医学研究者たちの一部の空気を代弁するものであった。

中国大陸でも満州でも、諜報員や俘虜たちが連日のように処刑されている。実験動物はあくまでも動物であって、その実験は人体への応用への一段階にすぎない。実験動物で得た成果が、そのまま人体に適するかどうかはわからない。

もしも、直接人体で実験ができれば、答は短時日のうちに出る。

かれらの眼には、中国大陸や満州で処刑される俘虜たちが大きな価値を帯びた存在として映った。どうせ殺されるものなら医学の進歩に供せられるべきではないか、とかれらは考えた。

医学という科学の一分野の開拓に専念するかれらは、人間であるより以前に科学者として生きていた。医学の進歩という命題がかれらのすべてであり、そのためには多くの犠牲があってもやむを得ないと確信していた。

曾根二郎が、戦時という環境を利用して人体実験を企てたのと同じように、一部の医学研究者たちは、硝煙のただよう中国大陸、満州で禿鷹（はげたか）の群のように死を運命づけられた人体をもとめて歩きまわっていたのだ。

このような背景のもとで、曾根の撒いた餌は、多くの医学者たちに魅力にみちたものとして受け入れられた。

曾根のひきいる関東軍防疫給水部は、細菌戦用兵器の開発機関であるという理由で多くの囚人が送りこまれてくる。人体実験の条件は充分にととのえられていて、医学研究者たちは、ただその中に入って実験研究をおこなえばよかったのだ。

曾根のすすめに応じて、細菌学者をはじめ病理学者、凍傷専門学者などが、曾根のもとに続々と集ってきた。それらは大部分が、曾根の卒業した京都帝国大学医学部を中心とした関西系の医学者たちであった。

曾根の東京帝国大学医学部系の医学者に対する反感は蔑みの形ともなってあらわれていた。東京帝国大学卒ということのみによって、実力もとぼしい者たちが各部門の中枢部を占めていることに矛盾を感じた。そうした考え方から自然と京都帝国大学医学部系の学者たちを関東軍防疫給水部に集める結果となったのだが、かれは半ば真剣に防疫給水部を「加茂川部隊」などと自称したりしていた。

むろんそれは京都の町なかを流れる加茂川の名をとったものだが、関東軍防疫給水部こそ京都帝国大学医学部系の医学研究のメッカとしようとしたのである。

曾根の長年胸にいだきつづけてきた構想は、ようやく完璧な形をとるようになっていた。

給水部の建物の中には、すさまじい勢いで細菌が繁殖し、鼠は絶え間なく交尾して仔を生んでいる。そしてその体毛の中にはおびただしい蚤が這いまわり、ペスト蚤が飼育容器に満ちている。しかも、建物に包まれた正方形の谷間に立つ獄舎には、よく肥えた健康な囚人が需要に充分こたえられるほどの数をそなえている。

管理組織も完全に整備され、陶器製爆弾も理想的なものが発明され、研究試作も予期以上の成果をあげている。残されたことは、これらの研究を証明する人体実験のみであった。

曾根二郎は機が熟したと判断し、各部門に対して実験の開始を指令した。

四

獄舎から初めて引き出された囚人たちは、第一部送りとなった。
かれらは、建物に入ると黒布で眼をおおわれ長い廊下を歩かされた。
かれらの顔からは、血の色が失せていた。豊かな食物、入浴、戸外散歩などという獄舎の厚遇が、かれらに処刑をまぬがれるかも知れぬという淡い期待をいだかせていたが、それもすでに空しいものであることをさとりはじめていた。黒布で眼をおおわれたかれらは、はっきりと死の匂いをかぎとっていた。行きつく所は、処刑場にちがいなかった。

しかし、かれらの死は、早目にはあたえられなかった。収容されたのは監禁室で、再び栄養価の高い食物があたえられた。

その部門には、内地から参加した凍傷研究班が属していた。そして、班員は、囚人を一人ずつ引き出すと実験にとりかかった。

凍傷の人体実験は、すでに曾根二郎が、中国大陸で中国人俘虜を使用して実施していたが、さらにそれを科学的に立証するため囚人を実験材料としたのだ。囚人は、綿を入れた厚い衣服を着せられ顔もおおわれた。が、その一部は必ず露出され、それは手や足や耳であったり、また睾丸であったりした。

かれらは、手錠、足枷をはめられてガラス張りの小さな実験室に投げこまれる。その部屋は一種の超冷却室で、操作によって零下七十五度まで気温を自由に調整できた。

冷却装置が始動し、室内温度が徐々に低下しはじめた。

囚人は、恐怖に襲われているらしく身をかたくして動かない。

実験部員の眼は、囚人の衣服から露出した部分に注がれ、温度が低下する度に写真の連続撮影がおこなわれる。やがてその部分にあきらかな変化が起り、凍傷におかされはじめたことが確認されると、気温の低下は停止される。そして、囚人を実験室からひき出すと、別室におかれた黒塗りのベッドに縛りつけた。

凍傷におかされた部分が、どのような変化をおこしているのか、それは凍傷治療の研究に重要な手がかりとなる。班員の手にメスがにぎられた。厚い布で顔をおおわれた囚人から、激しい叫び声がふき出し、体は硬直したように突っぱる。メスの刃先が、凍傷におかされた部分をえぐりとったのだ。

足や腕に凍傷を起させられた囚人も多かった。そうした実験に供せられた者たちは、しばしば足や手を鋸で切断された。それらも同様に、患部の変化の検査に供された。

十一月に入ると、きびしい寒気が建物をつつみこみ、それを利用して、凍傷実験が積極的にくり返された。

方法は、さまざまだった。

厚着をさせた囚人を、深夜戸外に連れ出し両手を露出させて冷水の入った桶につけさせる。そして、水からひき出させると扇風機で風を送り凍傷をはやめさせる。また足の部分を露出させて、裸足で凍りついた土の上に立たせる。囚人は、しきりと足ぶみをするが、足はたちまち無感覚となり凍りつく。そしていつの間にか、足ぶみすることもなく倒れるのだ。

実験担当者は、角型の棒で囚人たちの冷えきった手や足をたたく。鈍い音が、やがて氷をたたくような硬い音となる。それは、手足が完全に凍りついたことを意味していた。

凍傷にかかった囚人は、室内に入れられると、主として温水治療の対象となった。

まず摂氏五度の水につけられ、患部の変化が記録され写真撮影がおこなわれる。水の温度は徐々にあげられ、患部の状態が綿密に観察された。

曾根二郎は、中国大陸での凍傷人体実験で摂氏三十七度の温水に患部をつけることが最も効果的な治療法であると発表したが、関東軍防疫給水部の凍傷実験班も全く同様の結果を得た。そして、それは患部をメスできりとり鋸で切断して検査した結果、その結論の正しいことが科学的にも確認できた。

実験に従事した者たちは、囚人を実験動物と全く同じように扱っていた。四肢を切断した人体は、かれらにとって無用のものとして処理された。かれらは、それらの囚人に毒物を注入し、死体焼場に送った。

重症の凍傷にかかった回復不能と思える囚人たちは、監禁室に投げこまれ放置された。患部はくずれて、やがて骨がむき出しになる。

実験担当者は、それらの経過を克明に記録し、カメラのシャッターを押しつづけた。囚人たちの両手や両足の骨が完全に露出した頃、かれらの体に急速に死が訪れる。死因は、ほとんどが壊疽（えそ）であった。

しかし、凍傷実験班は、いたずらに囚人たちを死亡させることはしなかった。利用価値の残されている実験動物を生かしておくのと同じように、回復可能と思われる囚人には積極的な治療がくわえられた。そして、患部も癒え、健康をとりもどすと、それらの囚人たちは他の実験班にまわされた。

この凍傷実験は、細菌戦用兵器の研究とは無関係であった。が、軍にとって凍傷という疾患は、戦略上に重要な影響を投げかけていた。

ロシヤに遠征したナポレオン一世の大軍が、寒気に大きな被害をうけて敗退したように、きびしい寒さは戦況を左右することすらある。すでに中国大陸でも満州でも各部隊に多くの凍傷患者が発生し、それが大きな悩みの種ともなっていた。

日本陸軍はソ連を仮想敵国とし、対ソ戦が勃発すれば国境を越えてその領土内への進攻も当然予想された。しかし、その地は冬期ともなれば雪と氷にとざされた世界となり、想像を絶した寒気が将兵の肉体をおそう。ソ連軍との戦闘以外に、酷寒とも戦わねばならない。

もしもその自然の力に屈すれば、日本軍はナポレオンの遠征軍と同じ運命をたどらされる。凍傷を克服できるか否かは、対ソ警備にあたる関東軍をはじめ、大陸に駐屯する部隊にとって重要な課題であったのだ。

凍傷実験と同じように細菌戦用兵器と無関係な実験は、そのほかにも多くの医学者たちによって試みられていた。

その一つに、人体の耐久力限界の測定実験がある。これは、飛行機の操縦士がどれほどの高空まで気圧変化に堪えられるかどうかという資料を得るためにおこなわれたものであった。

すでにドイツでは、強制収容したユダヤ人を使用して気圧に対する耐久力実験がナチ親衛隊員ラシェル博士を中心におこなわれていたが、関東軍防疫給水部も陸軍中枢部の要請にもとづいて囚人を特設の気圧室に送りこんでいた。

囚人が室内に入ると、飛行機の高度に即した気圧の調節がはじまる。囚人の顔はゆがみ、胸をかきむしり頭をかかえ絶叫するようになる。が、さらに気圧計の針は動きつづけ、遂に囚人は倒れ、床の上をのたうちまわる。そのうちに体の動きも失われ、やがて手足が痙攣（けいれん）するだけになった。

その死に至るまでの経過も、映画のフィルムにおさめられた。

囚人の中には、婦人も多くふくまれていた。

彼女たちも、諜報活動をおこなった容疑者として逮捕されたもので、婦人の獄房は、男性の房とははなれた所に設けられていた。金髪や赤毛の女性が大半で、年齢的には実験に耐えられる中年の者と若い者にかぎられていた。

彼女たちも男性の囚人たちと同じように、捕えられてから憲兵隊のきびしい拷問と訊問を受けてきた。裸体にさせられて鞭うたれたり、恥毛を焼かれたりした。が、彼女たちはかたくなに自白をせず関東軍防疫給水部に送りこまれてきたのである。

彼女たちにも、豊富な食物があたえられ戸外散歩が許されていた。防疫給水部の医学者たちは、彼女たちが女性であるという意味で貴重な実験材料として珍重した。

実験班は、もっぱら彼女たちを効果的な性病治療法を見出すための実験に使用した。梅毒、淋病、軟性下疳(げかん)、鼠蹊(そけい)リンパ肉芽の四種の菌をそれぞれ植えつけ、その発病状態を観察した。そして発病すると、一部の者をそのまま治療もくわえず放置し、他の者には各種の薬物を投与して、症状の変化を比較観察した。

戦場に配置された部隊には慰安婦が提供され、しばしば性病にかかる将兵もいた。当然好ましくない結果が生れ、その治療は戦力保持のために必要であった。

性病の悪化した婦人囚たちは、苦痛にもだえた。梅毒菌が全身にひろがって悶死する者もあった。

実験がはじめられてから間もない或る日、婦人囚の獄房で産声が起った。監視人は、妊娠していた若いソ連人の婦人が子を生んだことを知った。

ただちに女は、医務室にはこばれ治療を受けた。出産した嬰児(えいじ)は、健康だった。そして、母の豊かな乳首に口を押しつけて乳を吸った。

やがて女は、乳呑子をいだいて獄房にもどされた。女に対する実験はさすがに中止され、女は子供を抱いて房の中を行ったり来たりしていた。

女は、よくロシヤ語で子守歌を低い声でうたった。そんな折の女の顔には、母親らしいおだやかな表情がうかんでいた。

このほか病理学、細菌学研究という名目で、関東軍防疫給水部に参加した医学者たちは、囚人を利用して自由な実験をこころみた。その成果をかれらは学会に発表したが、生体実験に使用した人間を満州猿と表現することを常とした。

或る著名な細菌学者は、日本伝染病学会総会、満州医学会に、「実験材料」と題した左のような趣旨の論文を発表した。

「北満トゲダニ二百三匹を麻酔し、食塩水乳剤となし、これを満州猿の大腿皮に注射した。

この初代猿は、接種後十九日に至り、摂氏三十九・四度の発熱があり、中等度に感染したのであるが、此の発熱時の血液をもって接種した第二世代猿は、潜伏期十二日で発熱し、尿蛋白（にようたんぱく）陽性をしめし、剖検により定型的流行出血熱腎を証明したのである。

爾来（じらい）、発熱極期乃至（ないし）臓器材料を以て猿累代接種を行い、本病原を確保して種々の実験を行った」

この論文中の満州猿が人間であることは、一部の学会員が充分承知していることで、この論文中の「猿累代接種を行い」という一文から察すると、細菌学者は何人もの囚人につぎつぎと菌を植えつけていったことがわかる。

この論文によってもあきらかなように、満州猿という表現は、かれらにとって誠に便利な言葉であった。それは、人間を代用する一種の符号として、人体実験に参加した学者たちの間で重用されていたのである。

細菌戦用兵器の研究は、本格的な実験段階にふみこんでいた。殊に曾根二郎の研究試作した陶器製爆弾の実験は、部内の注目を集めていた。

その第一段階は投下実験で、実験場は関東軍防疫給水部の建物から三キロほどはなれた演習場が指定された。

実験班は、多数の作業員とおびただしい空箱をトラックに乗せて給水部を出発した。

トラックの列が目的地に到着すると、指揮者は演習場一帯に空箱を二メートル間隔に並べるよう指示した。

作業員たちは、なんの目的をもった作業なのか察することもできなかった。トラックからおろされた空箱の数は、一千個という厖大なもので、それを等間隔に並べることは労の多い作業だった。

その日午前中から日没まで作業はつづけられたが終了せず、翌朝、再び演習場におもむくと作業を続行した。そして日没までには、広大な演習場に一千個の空箱を整然とならべることができた。

翌朝、作業員たちは、粘着液の塗られた紙を至急空箱の底に敷くよう命じられ、粘着紙を手に駈けまわって午前中に作業を終了した。

投下準備は、すべてととのえられた。

演習場で午食をとった後、作業員たちは緊急退避を命ぜられ、トラックに乗って空箱のならべられた地点から五百メートルほどはなれた場所に連れていかれた。

指揮者は、トラックから下り立つと腕時計の針をたしかめながら、関東軍防疫給水部の建物のある方向の空を見つめていた。

飛行機がくるらしいと気づいた作業員たちは、指揮者の視線の方向に眼を向けた。

やがて、かれらの中から、

「来た」

という声がもれた。

離陸したばかりの機影が地平線上に湧いて、機首をあげている。

爆音がかすかにきこえてきて草色の迷彩をほどこした双発の爆撃機が次第に近づいてきた。

爆撃機が爆音をとどろかせて頭上を過ぎ、空箱のひろがる演習場の上空に達すると、箱の列をたしかめるように機体をかしげて旋回した。そして、かなり遠くまで一直線に進むと、翼をかたむけて機首をもどし、箱の列の上にくると白茶けた物体をその腹部から放った。

それは、ペスト菌に汚染された蚤のつまっている陶器製爆弾で、地上から百メートルほどの上空で、鈍い炸裂音を立てて破裂した。

陶器製爆弾の存在を知らぬ作業員たちは、爆弾が異常爆発したのではないかと疑った。が、爆撃機は再び旋回し、別の個所に爆弾を投下した。それも第一弾と同じように鈍い音を立てて破裂し、白い弾筒の破片が演習場に散った。

その後爆弾は二個投下され、爆撃機は、演習場上空をはなれると給水部建物の方向に徐々に下降していった。

指揮者は、作業員全員に予防服を配布し身につけることを命じた。作業員は、部内で細菌培養などに従事している者たちばかりなので、ようやく投下された爆弾が細菌に関係のあるものだということに気づいた。

「いいか、これは絶対に口外してはならぬ。今、爆撃機から投下された爆弾は重要機密事項にぞくする新式弾だ。あの爆弾の中には、ペスト菌に汚染された蚤が充塡されている。破裂と同時に、蚤は地上に散った。お前たちがならべた箱にも蚤が落ちたはずだ。蚤は、箱の底に敷かれた粘着紙にくっついてはなれない。われわれは、箱の中の蚤が何匹いるかを計算する。死んでいる蚤は何匹、生きている蚤は何匹と区別して記録せよ。蚤はペスト蚤だ。特に箱の外に落ちている蚤は、人体にたかってくる。予防服をしっかりと着て、皮膚を露出させないように」

指揮者は、甲高い声で訓示すると、作業員を四班に分けて演習場に散らした。

作業員は、おそるおそる箱に近づいてゆく。たしかに指揮者の言う通り、白い粘着紙には茶色い微細な点状のものがはりついている。

凝視すると、身の自由を失ってはいるが手や足の先端を動かしている蚤で、そのほとんどが生きていた。

作業員たちは、花の間を飛び交う蜂の群のように、箱から箱へと移って蚤の数を計算していった。そして、日没時には、二百個ほどの箱の中の蚤の数が集計された。

すべての箱のうち五分の一しか計算できなかったが、それだけで充分だった。陶器製爆弾から散った蚤の撒布範囲は確実につかめたし、二百個の箱の蚤の生きている率もあきらかになったからだ。

その初の投下実験の成果は、曾根二郎をはじめ部内の幹部たちを狂喜させた。欧米列強でも細菌戦用兵器の研究がさかんにおこなわれていたが、ペスト蚤を空中から撒布する陶器製爆弾の開発に成功した関東軍防疫給水部は、列強の細菌戦用兵器研究機関を大きくひきはなしていたのだ。

この成果は、関東軍総司令部を通じて陸軍省最高首脳部につたえられた。それは陸軍中枢部に、将来の戦争を左右する決定的な兵器であるという確信を深めさせた。曾根二郎の陶器製爆弾に対する研究実験は、最後の段階に到達していた。その新型爆弾は、蚤を死滅させることもなく地上に広く撒布する能力をもつ。しかし、それらの蚤が撒布された後どのように行動し、人体に接してゆくかは明らかでなかった。爆弾の破裂の衝撃で、蚤が人体に寄生する能力を失っているかも知れなかった。

そうした疑問を解明するためには、人体実験による以外にはないと判断された。曾根二郎は、陶器製爆弾の効果を確認するため野外での人体実験を指令した。

五

気温がゆるみはじめると、ハルピンの市街には急に明るいにぎわいがひろがった。

春の訪れは、ハルピン郊外を流れる松花江の解氷によってはじまる。

対岸もかすんでみえるほど広い松花江も、冬の季節にはきびしい寒さで凍結する。厚い氷の上をそりが往き交い、トラックも疾走する。

やがて春が近づくと、氷上にすさまじい響きをあげて亀裂が走る。それがくり返されるうちに本格的な解氷がはじまって、川面をかたくおおっていた厚い氷が徐々に動き出す。断ちきられた氷は、大小さまざまな島のように下流へ移動し、たがいに衝突し押し合い、そのたびに重々しい音が空気をふるわせる。

市民は、流氷のながれるのを岸に立って見物する。それは、冬の季節の終りを告げる光景であり、人々の胸に春を迎える喜びがあふれるのだ。

大地を閉ざしていた氷がとけて黒い地表があらわれると、樹々は一斉に芽をふき、たちまちにして色とりどりの花が競い合うように花弁をひらく。芳香があたりに満ち、人々は重く厚い衣服から解放されて、戸外を浮き立つような足どりで歩きまわる。

その頃、草原の中に立つ関東軍防疫給水部本部では、細菌戦用兵器の大々的な野外実験が開始されていた。実験場は、ハルピン西北方八十キロの安達駅近くにある広大な特殊地域であった。

その野外実験場は電流を通した鉄条網と塀によって外部から遮断され、常に警備兵が監視哨から警戒し、塀の外にも巡視する兵がみられた。

或る朝、関東軍防疫給水部の構内から囚人十名をのせたトラックが、新しい芽のふき出した草原の中にすべり出た。

「丸太を十本送った」

という電話が安達駅支部につたえられ、支部所属の野外実験場は囚人を迎える準備をととのえた。

正午すぎ、窓のないホロつきのトラックが実験場の門で検査をうけたのちに入ってきた。そして、バラック建ての小舎の前でとまると、眼を黒布でおおわれた囚人が小舎の中へ連れこまれた。囚人たちは、処刑されると思いこんでいるらしく、口をかたくとざし、体をふるわせている。顔は青ざめ、中には恐怖のため坐りこんでしまう者もいた。

しかし、かれらは、やがてはじめられた作業員の行為にいぶかしそうな表情をみせた。作業員は、囚人たちの頭に鉄帽をかぶせ、胴体を鉄製の楯でおおう。そして、手錠をつけたまま小舎の外に連れ出し、追い立てるように歩かせた。

かれらが立ちどまらせられたのは実験場の中央で、そこには五メートル置きに十本の杭が土中に突き立てられていた。

作業員は、機敏な手つきでかれらを杭に一人ずつしばりつけはじめた。その方法は少し平常と異っていて、囚人を後向きに杭を抱かせるような形でしばりつけてゆく。

囚人たちの体が、杭に緊縛されると、作業員たちは、尻の部分を残して囚人の顔や手足を古びたふとんですべて包みこんだ。そして、鋏で囚人の臀部をおおうズボンと下着を切りとった。つまり臀部の皮膚のみが露出されたのだ。

また他の作業員たちは、杭から百メートルほどはなれた地上に榴霰弾を設置していた。その中には、寒天に培養されたガスえそ菌が詰めこまれていた。

榴霰弾に発火用の電線が装着され、作業員たちは電線をひきずって後退した。

サイレンが鳴って、実験準備完了の旗がふられた。

作業員は、一斉に杭の傍をはなれて駈け足で遠く退避し、土塁におおわれた観察壕に走りこんだ。

囚人たちの姿は、異様なものにみえた。鉄帽と楯と古ぶとんにつつまれた囚人の体は着ぶくれしていて、その間から尻の部分が生々しく露出している。

「実験用意！」

指揮者の声が、壕内にひびいた。

観察員は、双眼鏡に眼を押しあて囚人たちの臀部を凝視している。

「実験はじめ！」

という声と同時に、作業員が起爆機のボタンを押した。

一瞬、閃光（せんこう）が明るい春の陽光の中にひらめいて、榴霰弾は轟音をあげて爆発した。あたりに土埃がひろがり、双眼鏡をのぞく観察員の眼に、囚人たちの体が大きくあおられるように揺れるのがみえた。そして、尚も観察をつづけるうちに囚人たちの露出した臀部から血の流れるのが認められた。

実験の第一段階としては、成功だった。臀部が一人残らず傷ついたことは、榴霰弾の破片がその皮膚をやぶったことをしめしている。それは、榴霰弾の中につめこまれたガスえそ菌が、臀部の肉に食いこんだことを意味していた。

消毒服を着た作業員たちは、壕を出ると呻き声をあげている囚人たちに近づき、ふとんをはずし縄をといた。そして、かれらをトラックの荷台に押しこむと帰路についた。

トラックが関東軍防疫給水部本部に到着したのは、日が没してからであった。囚人たちは、消毒服を着た作業員によって建物の内部に送りこまれ、トラックは入念に消毒された。

囚人は、一人一人別の独房に入れられて観察されることになった。ガスえそ菌がかれらの体内に根をはれば、皮膚は黒ずみ腐臭を発し、その下部の筋肉にガスが発生して脱落するはずだった。

しかし、日が経過しても囚人の臀部には化膿がみられるだけで、ガスえそ特有の症状は起らなかった。

結局、榴霰弾を使用したガスえそ菌汚染実験は失敗に終ったわけだが、それは或る程度予想されていたことでもあった。というよりは、当然の結果とも思われたのである。

ガスえそ菌は、榴霰弾が炸裂した折に起る高熱で瞬間的に死滅したにちがいなかった。わずかでも菌が生き残っていれば、臀部をさらす囚人の体にガスえそ菌が食いこみ悲惨な症状があらわれるはずだが、それが全くみられないことは菌が完全に死滅したことをしめしている。

それまでの人体を使わぬ基礎実験でも、通常爆弾に菌をつめれば、その高熱で菌が死ぬことがあきらかにされていたが、安達駅野外実験場での人体実験であらためて立証されたのだ。

その実験結果は、防疫給水部長曾根二郎軍医大佐にも報告された。

曾根は、通常爆弾が細菌戦用兵器として無用のものであることを再確認し、自ら考案した陶器製爆弾を使用して前の実験と同じ方法で人体実験をおこなうよう指示した。

初夏がすぎ、夏がやってきた。

すでにアメリカ、イギリス両国は日本の在外資産凍結を発表し、戦争勃発の危機はたかまっていた。日本軍の南部仏領印度支那への進駐も開始され、またヨーロッパでもドイツはソ連と砲火をまじえ、全世界に戦火はひろがりはじめていた。

ハルピンの夏は、暑い。

日没後は涼気がよみがえるが、白昼の陽光は強烈で、皮膚は熱気にさらされる。

まばゆい太陽が大地に降りそそぐ或る日、実戦に即した細菌戦用兵器の人体実験が、安達駅野外実験場で実施された。

実験に供されたのは、十五名の囚人たちであった。

かれらは十五本の杭に後手でしばりつけられ、作業員は遠い観察壕に退避した。

実験場には、黒煙が立ちのぼり旗も掲揚された。それは、関東軍防疫給水部特設飛行場から発進した軽爆撃機を誘導するためのものであった。

大地は、強烈な陽光の放つ暑熱にみちていた。観察壕からのぞくと、杭にしばりつけられた十五人の囚人の体は、陽炎にはげしくゆらぎ、囚人たちは陽光に射すくめられたように頭を垂れていた。

やがてかれらが、顔をおびえたようにあげた。南方からかすかな爆音がきこえてきたのだ。

まばゆい空の一角に、機影が湧いていた。それは徐々に近づくと、実験場の上空を爆音をとどろかせて通りすぎた。草色の迷彩をほどこした双発の軽爆で、機体をかしげると実験場の上空をゆっくりと旋回した。

しばらくすると機は急に高度をさげ、囚人の杭にしばりつけられた個所に近づくと、腹部から十個の白茶けた物体を連続的に投下した。

それらは地上から百メートルほどの位置に達すると鈍い音を立てて炸裂した。

軽爆は、機首をもどし、再び奇妙な物体十個を囚人たちの頭上に放った。それも第一回の投下時と同じように、地上に達する前に砕け散った。

軽爆の投下した物体は、曾根の考案した陶器製爆弾で、内部にはペスト菌で汚染された蚤が充満していた。

ペスト蚤は、囚人たちのしばりつけられた杭を中心に地上にばらまかれた。それは、通常爆弾の炸裂時におこる高熱で死滅することもなく、陶器製の爆弾の破砕によって空中から地上に達したはずだった。

蚤は、一種の動く兵器だった。地上に散った蚤は、生きた血をもとめて移動する。その対象は、杭にしばりつけられて身動きもできぬ囚人たちだった。

しかし、蚤が囚人たちの体にとりつくまでにはかなりの時間を要するだろうと予想された。蚤は、光を恐れる。まばゆい夏の陽光の中に投げ出された蚤たちは、必死になって暗所に身をひそませようとするだろう。

実験場には、太陽の光を浴びた逞しい雑草が生いしげっている。蚤たちは、草の葉や茎からのがれ、根に近い影の多い場所へと身を避ける。陽光に身をさらせば、蚕たちには例外なく死が訪れるのだ。

　草の根元から根元をつたわって、蚕たちが囚人たちの体に達する可能性はうすかった。食欲よりも、光と太陽熱に対する恐れの方が優先するにちがいなかった。実験場に散らされた蚕の大半は、陽光にやかれて死滅するかも知れなかった。ただ囚人の近くに散った蚕が、囚人のまとう衣服の中にもぐりこむことが期待されるにすぎなかった。

　もしも人体に達することができれば、衣服の内部は蚕たちにとってこの上ない恵まれた世界であるはずだった。程よい暗さ、囚人の体から発する適度な温さ、そして口吻を突き立てさえすれば、栄養価にみちた食物でよく肥えた囚人の血液をふんだんに吸収することができる。その恵みを受けることのできる蚕が果しているかどうか、それは実験の成否につながるものだったが、いずれにしても観察壕の中にいる実験担当者たちは、蚕が囚人たちの体にとりつくまでの長い時間を待たなければならなかったのだ。

　日が傾いた頃、作業員たちは消毒服を着て壕を出、囚人たちに近づいていった。囚人たちは、陽光の熱気に打ちのめされたように肩をあえがせていた。

　作業員たちは、囚人の衣服の中に殺虫剤を吹きこんだ。もしも蚕がとりついていたら囚人はペスト菌におかされているはずだし、ペスト蚤はすでに不要のものとなっていた。というよりは、作業員たちにとって危険きわまりないものであったのだ。

完全な消毒を終えると、囚人たちは作業員たちにかかえられて実験場に待機していた輸送機に乗せられた。機は、砂埃をまき上げて離陸すると茜色に染った空に上昇していった。

関東軍防疫給水部本部に送り返された十五名の囚人は、独房に一人ずつ隔離され入念に観察された。

曾根をはじめ軍医たちにとって、それはかれらの細菌戦用兵器が戦局を左右する有力な武器となるか否かを決定する瞬間だった。かれらは、息をひそめて囚人たちの体を注視した。

やがて、軍医たちの眼に輝きが湧いた。三人の囚人に、あきらかにペスト患者特有の症状があらわれたのだ。

それらの囚人は、体を痙攣させ、高熱にあえぎはじめた。呼吸は荒く神経障害もおこり、顔にも手足にも皮下出血がみられ無気味な紫黒色に変った。かれらの眼は焦点を失い、もだえるようにころげまわると、やがて体をふるわせながら悶死していった。

曾根たちの期待通り、陶器製爆弾によって撒布されたペスト蚤は死滅することもなく囚人たちの体にとりつき、囚人たちをペスト菌に感染させたのだ。

しかし、残りの十二名の囚人たちには、いつまでたってもペストの症状はあらわれなかった。それは、撒布されたペスト蚤が、かれらの衣服の中にもぐりこむことのできなかったことを意味していた。

三人の囚人がペストに感染したことは、実験が或る程度の成功をおさめたと言ってよかった。が、曾根は、その結果に不満だった。かれは、十五名の囚人すべての発病をみなければ満足できなかった。

曾根は、

「実験不成功」

と、部内に発表し、その原因を追及するための検討会をひらいた。

失敗の原因は、焚（た）かれるマグネシウムのように眩（まばゆ）い光を地上に注ぐ太陽のためだ、と断定された。

蚤は、陽光と暑熱に身をさらされて極度に衰弱した。蚤たちの行動力は失われ、囚人たちの体に達することができたのはわずかな数にちがいなかった。検討会の結論として、蚤使用による細菌の撒布は、真夏のしかも晴天の昼間は効果がうすいことが確認された。

しかし、その反面では陽光に身をさらしながら三人の囚人に到達した蚤のいたことが、曾根たちの注目をひいた。それらの蚤は、強靭な体の持主であることはあきらかで、曾根たちの必要とする細菌戦用兵器に使われる蚤は当然健全な体をもつもののみであるべきだった。

曾根は、蚤の体の観察を命じた。蚤の体は拡大鏡によって入念にしらべられ、一匹ずつフィルムにおさめられた。

それらの拡大写真を比較してみると、足の折れているものや脆弱な体格をしているものが数多く発見された。むろんそれらの不健全な蚤は除去する必要があった。

しかし、小さな蚤を正確に選別することは事実上不可能なことであった。拡大鏡を使って蚤をピンセットで摘出することはできるが、蚤の量は数億匹にも達し、しかも絶え間なく繁殖をつづけているので、そのような方法では除去することは困難だった。

曾根は、軍医たちと容易に蚤を選別できる方法の発見につとめた。健全な蚤を不健全な蚤と分離するという作業は、蚤使用による細菌戦用兵器の確立を左右する重要な課題であった。

模索はつづいた。対象が蚕という微細な昆虫だけに選別は至難であり、軍医たちの間には諦めの色も濃くなった。

しかし、曾根の創意にみちた柔軟な頭脳は、きわめて効果的な選別方法を生み出した。

かれは、蚕の光をおそれる習性を巧みに利用した。蚕は、光から身を避けるために急速に暗所にむかって移動する。その動きのはやい蚕は、健全な体をもつものであるはずだった。

かれは、軍医たちを一室に集めて自ら考案した蚕の選別方法を披露した。

黒いカーテンで窓をとざされた部屋の一隅には、大きな白い洋式浴槽が置かれていた。浴槽の底の一端にうがたれた排水孔のふたははずされ、孔の下部には陶器製の容器がとりつけられていた。

作業員の手で、蚕の充満している飼育器が持ちこまれた。

「それでは、始める」

曾根が微笑しながら言った。そして、作業員に命じて室内の電灯を消させた。

カーテンの間から陽光がかすかに忍びこんでいるだけで部屋の中は薄暗かった。

その中で、作業員が排水孔から最もはなれた浴槽の底に飼育器の蚕をあけるのが見えた。浴槽内の表面はなめらかなので、蚤がはねて壁にとりついてもすぐにすべり落ちてしまう。

「点灯」

という指示が発せられると、作業員の手にした懐中電灯が、浴槽の底の一隅を照らし出した。光の先端におびただしい蚤のひしめく姿が浮び上った。

蚤の群に、はげしい混乱がおこった。不意の光に蚤たちは狼狽し、浴槽の底を競い合うように暗い他の端へと移動しはじめた。

蚤は、一斉にはねながら暗所へかなりの速度で進んでゆく。

先頭をすすむ蚤たちの前方に、排水孔がひらいていた。その内部には漆黒の闇がある。

蚤たちは、闇に誘われるように続々と孔の中に入り、足をすべらせて孔の下にとりつけられた陶器製の容器に落ちこんでゆく。

作業員の一人が、タイムウォッチを手に秒読みをつづけ、或る時刻に達すると排水孔の蓋をとざした。

室内の電灯がともされた。

軍医たちの顔には、驚きの色があふれていた。

浴槽の底には、まだかなりの数の蚤が残されている。が、それらは移動力の乏しい——つまり体になにか欠陥のある蚤たちにちがいなかった。

計量の結果、容器にひそむ強靭な体をした蚤は全体の三分の一で、浴槽に残された蚤は一匹のこらず焼却された。

その選別方法は、すぐに蚤の飼育繁殖につとめる各支部へとつたえられ、健全な蚤の確保がはかられた。

また光を利用して蚤の生態観察もおこなわれた。大きな容器の中に鼠を入れ、器の一隅に蚤を放つ。そして、突然光を容器の中に浴びせると、蚤は、暗所をもとめてはねまわり、たちまちのうちに鼠の体にとりつくと、その密生した暗い体毛の中にもぐりこんでゆく。

この観察結果は、曾根に大きな希望をもたせた。

細菌蚤を撒布すれば、蚤は光をおそれて人体の衣服にもぐりこむだろう。それは、蚤を使用した細菌戦用兵器が白昼でも充分実戦につかえることをしめしていた。

曾根は、これらの観察結果に自信をいだいて、安達駅野外実験場で囚人を使用しペスト蚤をつめた陶器製爆弾の投下実験をくり返した。

実験日は、晴天、曇天、雨天の別にわけておこなわれ、その結果曇天の日の実験では、囚人すべてがペストの症状を起した。
曾根は、満足だった。かれは、陶器製爆弾がきわめて有効な細菌戦用兵器であることを確認し、それを中央にも報告した。

陸軍中枢部は、細菌を使用する戦法が将来の戦局を左右する有力な一方法であるという確信を深めた。関東軍防疫給水部は、その研究実験にいちじるしい成果をあげている。残されたのは、実戦にどのような効果をしめすかということだけであった。

自然と、眼は中国大陸に注がれた。そこでは、昭和十二年七月七日蘆溝橋で銃火が交されて以来、いつ果てるともない中国軍との間の激しい戦闘がつづけられている。曾根二郎の開発した細菌戦用兵器の実験地として、中国大陸は恰好の条件をそなえているものと思われた。

陸軍中枢部は、曾根二郎に対し中国大陸での細菌使用を命じた。
すでに南京には、曾根二郎の指導によって細菌戦用兵器の研究実験機関がもうけられていた。それは関東軍防疫給水部本部の設備を参考にして整えられたもので、中国大陸での細菌戦をおこなう有力な拠点としての充分な能力をそなえていた。

その機関は南京市内に本部をおく中支那防疫給水部で、支那派遣軍総司令部の管轄下にあった。広い構内には鉄筋コンクリート四階建の本館がそびえ、その背後に同じような四階建の別館がひっそりと立っていた。門には警備の兵が立って出入りを監視し、さらに本館、別館の入口でも身許検査がおこなわれていた。

殊に別館の警戒は厳重をきわめ、絶えず着剣した兵が立哨巡回し、支那派遣軍総司令部参謀も出入りを許可されないほどだった。

中支那防疫給水部で細菌用兵器の研究実験がおこなわれていることは、支那派遣軍総司令部内でも極秘事項とされていた。全貌を知っているのは、総司令官、参謀長、作戦担当の第一課長、連絡係の第一課参謀の四名のみで、他の参謀たちは、その内容について全く知らされていなかった。

細菌戦用兵器の実験研究は、別館の建物内でおこなわれていた。一階から三階までには鼠と蚤が充満し、四階には常時百名ほどの囚人が実験用材料として収容されていた。

かれらは、中国軍俘虜や諜報活動をおこなった容疑で捕えられた中国人たちで、軍医や軍属たちの手で積極的な人体実験の対象に供されていた。

別館内でかれらにあたえられた名称は、「材木」であった。関東軍防疫給水部の

「丸太」という名称に準じてつけられたものであった。

かれらは、中国大陸の各地域から護送用貨車に積みこまれて南京に送られ、深夜に幌でおおわれたトラックで別館に送りこまれていた。絶え間なくおこなわれる人体実験で材木の消耗ははなはだしく、それをおぎなうために南京の埠頭で労役に従事する屈強な苦力をえらんで連行し、材木の名称をあたえることすらあった。

かれらは、別館に収容されると同時に氏名は抹消させられた。その代りに材木×号という番号が附せられ、死亡するとその欠番号は新入りの囚人にあたえられ、同時に死者の手錠、足枷もひきつがれた。

軍医や軍属たちは、別館の四階を動物園とよんでいた。獄房から連れ出された囚人は、菌を植えつけられると、一坪ほどの広さの鉄製の檻に入れられ観察される。檻は動物園のように通路の両側にならべられていて、その内部からは排泄物や囚人たちの傷の膿の匂いなどが入りまじって、発散していた。

かれらの顔には、深い諦めの色がしみついていた。かれらの唯一の望みは、実験の苦痛からのがれ一刻も早く死の安息にひたることだけであった。

はげしい実験に使用された者には急速に死があたえられたが、反復される実験で生きつづけている囚人たちもいた。それらの囚人たちの顔には、新しい実験が自分の体にくわえられても恐怖の色はうかばず、痴呆に似たうつろな眼を弱々しげに開け閉じしているだけであった。

　別館に送りこまれた囚人は、一人の例外もなく死体となる運命にあった。死者は、夜間に構内の焼却室へはこばれた。室内にもうけられた焼却炉は、東京の著名な葬儀会社で製作された重油バーナー使用の新式のもので、焼かれた骨と灰は深く掘られた穴の中にまき散らされた。

　囚人たちは、再び別館から外へ出ることはなかったが、稀に外へ連れ出される者もあった。かれらはトラックで飛行場へはこばれると、息ぬき穴のうがたれたドラム罐の中に一人ずつ詰めこまれ輸送機の中へはこびこまれる。

　操縦するのは操縦士免状をもつ軍医で、洋上を飛びこえて東京へむかう。囚人たちは、貴重な実験動物として陸軍軍医学校に送りとどけられていたのだ。

　中支那防疫給水部の蚤と鼠の繁殖飼育は、曾根二郎の指導によって充実したものとなっていた。蚤は、中国大陸で採集していたが、大量の鼠を捕獲することによって機密のもれることをおそれ、茨城県下から多量の二十日鼠を定期的に空輸していた。むろん採集と輸送に従事する者たちは、それらの鼠が細菌戦用兵器に利用されるとは想像すらしていなかった。

陸軍省から細菌を実戦に使用するようにという指令を受けた曾根軍医大佐は、部下を連れてハルピンから南京に飛んだ。そして、中支那防疫給水部を拠点として、中国軍側地域に細菌撒布の準備を開始した。

かれは、陶器製爆弾を使用する意志はみじんもなかった。もしもその新型爆弾を投下した折り不発に終ることがあれば、それは中国軍の手に入り全貌があかるみに出てしまう。陶器製爆弾を使用するのは、将来充分に予想されるソ連、アメリカ、イギリスとの戦争の最後の決戦の折りで、その瞬間までは厳重な機密保持のもとに大量に貯蔵すべきだと思っていた。つまり陶器製爆弾は、最後の切り札としてのこしておくのが賢明だと考えていたのだ。

そうした判断のもとに、曾根は、支那派遣軍総司令部の作戦参謀と中支那防疫給水部長をまじえて細菌撒布方法について協議した。その結果、飛行機を利用してペスト蚤を特殊な撒布器でばらまくことにし、撒布地域を寧波（ニンポー）と決定した。

曾根は、この実験を細菌戦部隊の教育資料としてのこすため撮影機を用意させ飛行機の発進からその後の作戦行動と帰還まで一切を撮影させる準備もととのえた。

協力したのは漢口所在の航空隊で、軽爆三機が提供された。撒布器は、長さ八十センチ直径二十センチの筒状のアルミ製容器で、内部にペスト蚤を充満させ、両翼に一個ずつとりつけられた。

飛行士は、どのような目的をもつ出動かいぶかしみながらも、撒布器の操作を熱心にきき入っていた。

やがて軽爆は、一機ずつ離陸し北方の空に消えていった。

軽爆は、寧波に近づくと急に高度をさげ、人家の密集地帯上空で撒布器を始動させた。翼にとりつけられた撒布器から霧状のものが断続的に流れ出した。それはペスト菌に汚染された蚤の群であった。

任務を終えた軽爆は、漢口飛行場にもどってきた。その着陸を待ちかまえていたように、消毒服を着た作業員が、機体に消毒液をふきつけ、降り立った飛行士にも消毒処置をほどこした。

その後曾根たちは、中国側領域内の動きをひそかにうかがっていた。中国人の諜報員を寧波方面に潜入させると同時に、中国軍の部隊間で発する暗号電文の傍受につとめた。

そのうちに入りみだれるように発信されていた中国軍側の電文の中に、曾根たちを狂喜させるような暗号電文をとらえることができた。その電文の内容は、寧波方面の中国軍部隊から中国軍中枢部に発信されたもので同地一帯に不意にペストが流行しはじめたので、至急防疫班を派遣してほしいという要請文であった。

さらに、傍受をつづけていると、寧波を中心とした地域のペスト流行は日を追ってはげしさを増しているらしく、住民の移動禁止や防疫薬品の急送を依頼する電文のしきりと飛び交うのがとらえられた。

曾根たちは、実験が完全に成功したことを知った。

また中国軍領域内に放たれた諜報員の手で、中国軍側の新聞ももたらされた。そこにも寧波のペスト流行が大きく報道され、白衣を着た中国軍衛生兵が汚染地区で消毒作業につとめている写真も掲載されていた。

これらの情報から判断すると、中国軍側は、寧波のペスト流行が曾根の指揮する細菌戦特殊部隊の手によるものであることには気づいていないようだった。

曾根は、この結果に満足し、つづいて同様の方法で常徳にペスト蚤の撒布を実施した。この試みも中国軍側の発した暗号電文によって、常徳一帯にペストの流行していることを確認することができた。

しかし、寧波につぐ常徳の突然のペスト流行は、中国軍側に不審感をいだかせた。綿密な調査がおこなわれた結果、寧波にも常徳にもペスト流行前に日本の軽爆三機が超低空で飛来し、その翼にとりつけられた奇妙な物体から霧状のものが断続的にふき出されたことをつきとめた。ペスト流行の原因が日本機による細菌撒布であるらしいことに、ようやく中国軍側も気づいたのだ。

中国軍側にはアメリカの武官も派遣されていたため、日本軍の細菌使用はアメリカ本国へ急報された。日米戦の開始が目前にせまった昭和十六年十一月中旬のことで、アメリカ陸軍省は日本軍部の非人道的な性格を強調する恰好の材料として、その内容を報道機関に流した。

その新聞記事をアメリカに駐在している日本武官から入手した陸軍省は、世界各国の非難を受けることをおそれて、支那派遣軍総司令部に細菌使用の戦法については充分慎重な態度をもってのぞむよう要望した。これによって、中支那防疫給水部を中心とした細菌撒布は一時中止された。

昭和十六年十二月八日、日本は遂に米英蘭三国と戦闘状態に突入、ハワイ奇襲につづいて、南方作戦も開始された。

関東軍防疫給水部長曾根二郎は、軍医少将に昇進し、ハルピンにあって細菌戦の研究に一層の熱意をもやしていた。

開戦後、日本陸海軍は満を持していたように、南方諸地域を守備する米・英・蘭三国軍に致命的な打撃をあたえ、すさまじい速さで占領地域を拡大していった。そして、昭和十七年が明けてもその速度はおとろえず、イギリス軍の全面降伏によってマレー半島を手中におさめ、フィリピン全島の攻略も時間の問題となった。

ただ日本海軍としては、延長約三千浬(かいり)におよぶ太平洋を前面にひかえているだけに、アメリカ機動部隊の日本本土奇襲を危惧していた。

これに対する予防策として、南鳥島北方から千島の南方洋上にいたる広大な海面におびただしい数の漁船を改造した監視艇を放つとともに、連日海軍の哨戒機を洋上遠く六百浬沖まで行動させ警戒につとめていた。また敵機動部隊を迎えうつために、陸攻八十機を主力に、木更津と南鳥島に航空兵力を配置して奇襲にそなえていた。

と、昭和十七年四月十日午後六時三十分、日本海軍の無線傍受班(大和田通信所)は、真珠湾北西方約四百浬の洋上で、アメリカの航空母艦二隻又は三隻を主力とした機動部隊が暗号電文の交信をおこなっているのをとらえた。しかもその電文内容から察すると、十四日ごろ空母から爆撃機を発進させ東京空襲をおこなう気配が濃厚と判断された。

日本海軍は、ただちに迎撃準備態勢にはいり、木更津、南鳥島の哨戒機に七百浬の範囲にまで索敵区域をひろげさせ、その捕捉につとめさせた。

日本海軍のくだした判断では、アメリカ艦載機の航続距離から推測して、アメリカ機動部隊は日本本土から三百浬の位置まで接近して爆撃機を発艦させるにちがいないと予想した。当然それは、日本海軍哨戒機の哨戒範囲にあるもので、敵発見と同時に八十機の陸攻機を発進させ、魚雷攻撃を加えることに決定した。そして、もしもその雷撃にもひるまず日本本土への接近をつづけた折には、大量の攻撃機をそいで雷・爆撃をくり返し、アメリカ機動部隊を全滅させる計画を立てた。

また南雲中将のひきいる機動部隊が印度洋作戦を終えて帰途についていたので急速に進撃させ、アメリカ機動部隊に攻撃を加えさせることもくわだてた。

日本海軍は、横須賀方面にあった各艦艇に出撃準備を命じ、万全の迎撃態勢をととのえた。

四月十日以後、哨戒機による索敵は入念におこなわれたが、艦影は発見できず、無線封止をおこなうアメリカ機動部隊の交信もとらえることができなかった。

太平洋上には、無気味な沈黙と緊張がひろがった。

と、四月十八日午前六時三十分、監視船第二十三日東丸（九十トン）から、

「敵飛行艇三機見ユ、針路南西。敵飛行機二機見ユ」

につづいて、

「敵空母三隻見ユ、ワガ地点犬吠岬ノ東六百浬」

という緊急電が入った。

この発信はアメリカ機動部隊に傍受され、たちまち第二十三日東丸は、アメリカ機の攻撃を受けて沈没、乗員すべてが戦死した。

敵機動部隊発見の報を受けた日本海軍は、ただちに予定の作戦行動にうつった。まず哨戒機以外に陸上攻撃機を緊急発進させた。その結果午前九時四十五分、東京の東六百浬附近にアメリカの双発機二機を発見したので、午後零時四十五分、戦闘機二十四機の掩護(えんご)のもとに陸上攻撃機二十九機が東方洋上にむかって出撃した。

日本海軍は、東京への空襲は十九日朝になるだろうと判断し、台湾の南のバシー海峡にさしかかっていた南雲中将指揮の機動部隊を、全速力でアメリカ機動艦隊のいると思われる太平洋上に進ませた。

また近藤信竹中将指揮の第二艦隊にも緊急出撃を命じ、太平洋上にあった潜水艦群にも戦闘予定海面へと急航させた。

日本海軍は、アメリカ機の空襲が十九日朝以前におこなわれることは絶対あり得ないと確信していた。来襲してくるのは航続力の乏しい艦載機であるはずだし、往復の飛行距離から計算してみても、アメリカ機動部隊がさらに日本本土に接近してから艦載機を発艦させるだろうと予想した。そのためには、まだ一日間の猶予はあると思ったのだ。

この判断には、根本的に二つの誤りがあった。その一つは、東京空襲を企図する飛行機が艦載機ではなく航続力のはるかに大きい陸上機のノースアメリカンB25型爆撃機であることであった。

アメリカ海軍は、日本本土接近がきわめて困難なものであることを予測して、陸上機を空母に搭載するという異例の処置をとってこの計画にのぞんでいた。指揮官はジミー・ドウリットル陸軍中佐で、日本空襲を志願した優秀な飛行士を指導して約一カ月間、発・着艦訓練をおこなったのち空母ホーネットでアラメダを出撃したのである。

第二の日本海軍の予想のあやまりは、来襲機が空襲を終えたのち再び航空母艦にもどると信じきっていたことであった。その推測にもとづいて空襲は十九日朝以後と判断していたのだが、ドウリットル隊は日本本土空襲後、中国軍側の飛行場にむかう作戦を立てていたのである。

しかし、アメリカ側にも、作戦計画に大きな混乱があった。かれらは、日本の東方四百浬の海面で爆撃機を発艦させ、夜間空襲をおこなった後中国基地にむかう予定であったが、第二十三日東丸によって発見されたため、綿密に打ち立てられた作戦計画はくずれ去った。作戦通りに行動すれば、日本海軍のはげしい攻撃にさらされることはあきらかだった。

機動部隊司令官ビル・ハルゼー中将は、作戦計画を変更し、ただちに爆撃機を発艦させ日本本土を空襲することを決意した。

B25爆撃機十六機が、あわただしく艦上にひき出された。予定より二百四十キロも長く飛ばねばならなくなったので予備のガソリンが各機に積みこまれ、エンジンをとどろかすとつぎつぎに発艦していった。

爆撃機は、日本機の警戒をたくみに避け超低空で東京侵入に成功、横浜、川崎、横須賀、名古屋、神戸に投弾後、中国大陸へ向った。このうちの三機は中国大陸の日本軍占領地域内で燃料が絶えて不時着、パラシュートで脱出した乗員八名が捕えられた。また他の一機はソ連領ウラジオストックに不時着、残り十二機は中国の麗水飛行場にたどりついたが、夜間のため着陸に失敗し全機大破した。

アメリカ機動部隊は、爆撃機を発艦させた直後反転して退避し、日本海軍の攻撃からのがれることができた。

ドウリットル隊による空襲の被害はわずかだったが、アメリカ爆撃機の侵入をゆるした日本軍部ははげしい批判にさらされた。

太平洋上の守護にあたる日本海軍は面目を失し、上層部にはげしい論議がまき起った。

連合艦隊司令長官山本五十六海軍大将は、再びアメリカ機の日本本土侵入をふせぐためには、哨戒可能区域を拡大させねばならぬと判断した。それには、ミッドウエイからアリューシャンをむすぶ東経百七十五度の線まで確保する必要があり、ミッドウエイ島とアリューシャンの攻略計画が立てられた。

この作戦は、海軍上層部の強硬な反対にあったが山本司令長官の意志はかたく、大本営もようやくそれに同意し、昭和十七年五月五日、陸軍との協同作戦によるミッドウエイ島とアリューシャン西部要地の攻略命令を発した。

ミッドウエイ方面作戦には、「大和」以下十一戦艦をはじめ、空母六、重巡十、軽巡六、駆逐艦五十七、潜水母艦二という日本海軍の主力が投入され、十六隻の輸送船には五千八百名の上陸部隊が乗船していた。

ミッドウエイ攻撃部隊は、海軍記念日にあたる昭和十七年五月二十七日午前六時、南雲中将指揮の機動部隊の瀬戸内海柱島泊地出撃に端を発し、続々とミッドウェイをめざして進撃していった。

その接近を察したアメリカ海軍は、迎撃態勢をととのえることにつとめていた。すでに数多くの海戦で深い打撃を受けていたアメリカ海軍は、日本海軍兵力と対抗するだけの力には欠けていた。唯一ののぞみは、ミッドウェイ島の航空基地から飛行機を多数出撃させて日本艦隊を迎撃することだけであった。

このミッドウェイ海戦は、日本艦隊の大敗北に終った。不運が日本側にかさなったことと同時に、地上基地から放たれたアメリカ機の攻撃が日本海軍に徹底的な打撃をあたえ「赤城」「加賀」「蒼竜」「飛竜」の主力航空母艦四隻がうしなわれた。

この惨めな敗北をきっかけに、アメリカ軍の総反攻が開始されることになった。

米機の日本本土初空襲は、中国大陸にも作戦上の影響をあたえた。

大本営陸軍部から通報を受けた支那派遣軍総司令部は、中国航空基地にむかう日本空襲を終えた爆撃機の迎撃につとめ、一機を南昌附近で不時着させた。

大本営は、太平洋上の空母から発艦したアメリカ機が中国大陸へむかうというアメリカ側の戦法に脅威を感じた。大陸、殊に中支那方面の中国軍側航空基地が健在であるかぎり、同じ方法で本土空襲がくり返されることが予想された。

そうした戦法をふせぐためには、アメリカ機の着陸を可能とする中支那方面の航空基地を占領し破壊することが必要だと判断された。そして、大本営は、支那派遣軍に航空基地破壊作戦の研究を命じた。

作戦計画もまとまった四月三十日、大本営陸軍部は、支那派遣軍総司令官に対し、

「成ルベクスミヤカニ作戦ヲ開始シ、主トシテ浙江省方面ノ敵ヲ撃破シテ其ノ主要航空根拠地ヲ覆滅シ、当該方面ヲ利用スル敵ノ帝国本土空襲企図ヲ封殺スベシ」

という趣旨の命令を発した。

この作戦は、壮大な規模をもったものであった。アメリカのノースアメリカンB25が着陸をこころみた麗水飛行場をはじめ衢州、玉山附近の飛行場群の攻略・破壊を主な目的とし、また同時に航空部隊も協力して、他の飛行場群を攻撃し徹底的な破砕をおこなうという内容だった。

この作戦は、東方の杭州附近と西方の南昌附近からそれぞれ軍を進めてその中間地点で合流するという、いわば東西両方面からの挟撃作戦であった。そして、占領地を廃墟化した後、或る期間をおいてもとの地点に撤収するという特異な計画が立てられていた。

作戦準備はととのい、まず東方から軍司令部を上海におく第十三軍が、五月十五日中国軍の東部第三戦区軍に対して攻撃を開始、同時に西方の南昌附近からも第十一軍が中国軍西部第三戦区軍に対し砲門を開いた。

季節は雨期で、戦闘ははげしい降雨と泥濘の中でおこなわれた。迎えうつ中国軍は中国のほこる精鋭部隊で、日本軍に対し執拗な抵抗をつづけた。さらに中国軍は、あらたに兵力を増強、日本軍の進撃を阻止しようとはかった。

しかし、戦況は日本軍側に有利に展開した。

東方から進撃した第十三軍は同月二十八日に重要拠点である金華を、六月七日には麗水をそれぞれ激戦ののちに占領した。さらに六月七日には航空基地のある衢州、十二日には玉山、二十四日には日本本土空襲機が着陸をくわだてた麗水飛行場も手中におさめた。

また西方から進撃した第十一軍も、五月三十一日夜攻撃を開始して以来、六月四日撫州、十二日建昌、十六日貴渓をそれぞれ攻略し、七月一日には横峰で第十三軍の先頭部隊と接することができ、東西からの挟撃作戦は成功をおさめたのである。

……これは、浙贛（せっかん）線鉄道に沿って展開されたもので、浙贛作戦と称された。

浙贛作戦は、占領諸地域の飛行場とそれに附属する施設、軍事諸施設、鉄道その他主要交通路を使用不能にまで破壊した後、撤収することになっていた。

支那派遣軍総司令部は、占領地の廃墟化を徹底させるため細菌を使用することを思い立った。撤収する時に細菌をばらまけば、放棄した地域は細菌の充満する世界となる。

しかし、その案に反対する意見も多かった。すでに寧波、常徳の両市に上空からおこなわれた細菌撒布は、中国、アメリカに察知され、世界各国にもつたえられている。細菌を戦略に使うことは非人道的な戦法としてきびしい批判を受けるはずで、その上細菌を再び使用することは国際的にも好ましくないというのだ。

が、占領予定地域をたとえ破壊しても、短い期間に中国軍の手によって修復されることは当然予想される。それは、アメリカ機の日本本土空襲を可能とするものでもあった。

はげしい議論がつづけられた後、結局支那派遣軍総司令部は、細菌戦用兵器の使用を決定した。

その報は、関東軍総司令部を通じて防疫給水部に出動命令としてつたえられた。部長曾根軍医少将にとって、それは得がたい機会と思われた。

寧波、常徳での細菌撒布は、中国軍側に察知されたが、それは上空からの撒布が原因となったことはあきらかだった。それを避ける方法としては、飛行機を使用せず地上でひそかに細菌をばらまくことの方が好ましい。幸いにも一定期間をへて撤収するという予定なので、撤収する時に細菌を撒布しておけばよい。

曾根は、部内の幹部を集めると地上汚染を実戦に使用することを発表し、その出動準備を命じた。

ただちに派遣隊が編成され、作戦に必要な細菌、細菌蚤、その他器材の整備がいそがれた。そして、六月下旬、曾根部長以下軍医たちが防疫給水部所属の飛行機で南京におもむき、それにつづいて派遣隊は数班にわかれ、飛行機、列車を利用して南京の中支那防疫給水部へとむかった。

準備された細菌の種類は、肉汁に培養したチフス菌、パラチフス菌、コレラ菌等で、それぞれ罎（びん）につめられていた。それらは機密のもれることを防ぐため、給水と書きしるされた箱に入れられ、ペスト蚤の容器や細菌戦用兵器類とともに飛行機で大量に南京に送られた。

約百二十名の隊員が南京に集結を終り、中支那防疫給水部員四十名も合流して作戦の開始を待った。

前線からは、浙贛作戦が順調にすすみ、七月一日には東西から進撃した第十三軍、第十一軍が相会したこともつたえられてきた。

曾根の指揮する細菌戦部隊は、出動にそなえてあわただしい動きをしめしていた。細菌は、実戦用と繁殖用に二分された。実戦用の細菌は、多くの携帯用水筒につめこまれていた。これらは、井戸、池、飲料甕などの中への投入が予定されていた。また一部の罎には、特製の肉汁を入れて細菌を繁殖させ、実戦用細菌の補充にそなえていた。

八月初旬、隊員百六十名は、曾根の命令にもとづいて一斉に行動を開始した。細菌をつめた水筒と罎は箱に入れられ、その他の細菌戦用兵器とともに占領地帯に空輸され、隊員はそれぞれの担当地域に散った。

占領地域の状態は、悲惨をきわめていた。はげしい銃砲火によって市街も村落も焼きはらわれ、路上には腐敗した兵士や住民の死骸が放置されていた。作戦目的が徹底的な軍事施設の破壊であるため、飛行場とそれに附随した諸施設は爆砕され、住民はおびえたように、くずれた住居から顔をのぞかせているだけであった。

六

中国軍航空基地破壊を目的に、東西両方面から進撃した日本軍は、その後二カ月余にわたって占領地の破壊をこころみ航空基地を爆破し、鉄道や主要道路を切断した。そして、さらにその地域を廃墟と化すための細菌撒布が計画された。

七月二十八日、大本営陸軍部は、支那派遣軍総司令官に対し、「浙贛作戦参加全部隊ノ反転時機ハ、八月中旬末トスベキ」旨の指令を発した。

支那派遣軍総司令部は、占領地域の火薬類による破壊も完了したと判断し、八月十九日に全部隊に対して撤収を命じた。

東西両方向から浙贛線沿線を占領していた日本軍の太い鎖は、中央部からはなれて慎重に後退をはじめた。と同時に、曾根軍医少将のひきいる約百六十名の防疫給水部員は、満を持したように大規模な細菌作戦を展開した。

まず空輸されてきていたペスト蚤の容器が各所で開封され、給水部員たちは、市街、村落に散った。

中国の住民たちは、ほとんどが日本軍の進撃におびえて山中などに身を避けていた。そのため家々に人影はまばらだった。

給水部員たちは、これらの人家の床や寝具に細菌に汚染された蚤を放ってまわった。それらの蚤は、豊富な飼料で飼育された鼠の血液によって充分に成長したたくましい蚤たちで、その動きも活潑だった。

それらの蚤は、人家にはなたれた直後から吸うべき血液のにおいを求めて動きまわった。が、無人の家には、わずかに家鼠がいる程度で、やがて蚤たちははげしい飢えにおそわれるはずだった。

しかし、日本軍の撤退は、避難していた住民たちによって素早く察知され、かれらはいずこからともなく姿をあらわして家の集落へとむかい、それぞれの家に入って再び生活をはじめるにちがいなかった。

飢えきった蚤たちにとって、住民たちの血液は得がたい食欲の対象となる。蚤は、住民たちの衣服の間にもぐりこみ、たちまち住民たちをペストに感染させるのだ。

ペスト蚤の人家への撒布をおこなう一隊の行動と平行して、別の一隊は、携帯用水筒を手に走りまわっていた。

その水筒には、肉汁で培養されたコレラ菌、チフス菌、パラチフス菌がつめこまれていて、給水部員は、それらを貯水池、井戸、飲料甕などに投げいれていた。むろんそれらは、家にもどってくる中国人住民を病原菌に感染させる目的をもっていた。そして、それらの発病者から、つづいて復帰してくるだろう中国軍将兵に感染させ、その兵力に大打撃をあたえることが期待された。

日本軍の大兵力は、潮のひくように中国軍の反撃を警戒しながら徐々に後退してゆき、給水部員も細菌撒布をおこなって行をともにしていった。

その間、給水部員は、さまざまな案を練り、それを機敏に実行にうつしていった。

その一つに、細菌ビスケットの撒布があった。

ビスケットは、卵型のものと細長い形の二種類がつくられ、味も砂糖と香料でたくみに吟味されたものであった。それらには、チフス菌、パラチフス菌が混入されていた。

給水部員は、それらの大量の細菌ビスケットを日本軍の各部隊に配布した。むろんビスケットが細菌に汚染された危険きわまりないものであることを説明し、部隊指揮者から兵士たちに渡された。

撒布方法は、自然な形をよそおっておこなわれた。兵士たちは、人家の土間や垣根の下、樹影などの休憩地に、ビスケットを撒いた。つまり日本軍の兵士たちがそれらのビスケットを置き忘れたように仕組んだのである。

さらに給水部員は、軍と協力して効果的な細菌汚染方法を実施した。

浙贛作戦は、トラックが泥濘の中に没するような雨と泥にさまたげられながらも、中国軍精鋭部隊のはげしい抵抗を排除して作戦目的を達した。その結果、約三千名の中国将兵を俘虜とし、仮収容所に押しこめていた。

しかし、日本軍は、この大量の俘虜の処置に困惑していた。浙贛線沿線の中国軍航空基地等を破壊後、日本軍は原駐地の線まで撤収することになっている。そうした日本軍にとって、三千名の中国人俘虜をつれて移動することは至難であった。

撤退途中に中国軍の反撃も予想されるし、その折には俘虜の存在も戦闘の支障となり、さらに三千名の俘虜の食糧を確保することも困難だった。

そうした事情をつたえきいた防疫給水部の現地指揮者は、それらの俘虜を利用して、細菌撒布をくわだてた。

指揮者は、隊員に命じて約三千個に達する饅頭（まんじゅう）を製造させた。そして、それにチフス菌、パラチフス菌を混入した。

饅頭は、木箱につめられ、トラックによって収容所に急送された。

計画の準備は、すべてととのえられた。

収容所の監視にあたっていた部隊は、中国軍俘虜に対し、

「われわれは、作戦目的を充分に達して撤収する。お前らを連行することは不必要と判断した。本日特別の配慮にもとづいて、お前らを全員釈放することに決した」

という趣旨の説明をおこなった。

俘虜たちは意外な言葉に呆然とし、それは大きな喜びとなった。

鉄条網でかこまれた収容所内はわき立った。残虐な行為をするといわれている日本軍にとらえられたかれらは、当然処刑されるにちがいないと思いこんでいた。それだけに、日本軍の釈放をつたえる報は、かれらをおどり上らさせた。

釈放の理由が、日本軍の撤収作戦のためとられた異例の処置であることを知ったかれらは、その釈放命令に少しの不審感もいだかなかったのだ。

さらに、日本軍のつぎにとった行為はかれらの表情を一層明るませた。

捕えられて以来、かれらにはとぼしい食物しかあたえられていなかった。日本軍も限られた食糧を保有しているだけで、三千名の俘虜にあたえる余剰食糧はなかった。その日本軍が、多量の饅頭を俘虜全員に配給してくれるというのだ。

通訳は、やわらいだ光を眼に浮かべながら、

「われわれは余分の食糧もなく、今までお前たちに充分な食物をわけあたえることはできなかった。われわれは撤収するが、最後に饅頭を贈る。腹の足しにはならぬだろうが、われわれの好意を受けてもらいたい」

と、説明した。そして、俘虜全員に一個ずつの饅頭を配った。

空腹にあえいでいた俘虜たちは、饅頭を手にすると、すぐに口に入れた。その光景は、日本軍の写真班によってフィルムにおさめられた。日本軍は、俘虜を釈放し、さらに饅頭をあたえた。日本軍は決して残虐ではなく、人道的な軍隊なのだという印象をあたえるため映像の記録にのこそうとしたのだ。

やがて、鉄条網がとりはらわれ、かれらは外へ出された。俘虜たちは、思い思いの方向に足をはやめて去った。

防疫給水部員は、かれらの遠ざかる姿を見つめた。俘虜たちはやがて発病し、他の者へとふんだんに病原菌をふりまいてゆくだろう。

給水部員の眼には、四方に散ってゆく俘虜たちの群が確実な細菌撒布の媒体として映っていた。

日本軍の大兵力は秩序正しく撤退をつづけ、西方から進出した第十一軍は南昌方面へ、東方からの第十三軍は杭州方面へと後退した。そして、撤収開始から十日後の八月下旬には、東・西両軍はそれぞれ作戦開始時の位置に復帰を完了した。ただ東軍の占領区域にあった金華附近は、製鉄に欠くことのできない螢石の産出地なので、新たに占領地として確保された。

浙贛作戦は、八月末日をもってすべて終了した。

支那派遣軍総司令部は、撤退した地域の動きに全神経を集中していた。航空基地、鉄道、主要道路の徹底的な破壊と同時に、細菌作戦の結果をうかがっていたのだ。撤退した地域には、防疫給水部員の手によってあらゆる方法を駆使して細菌が撒布された。工兵隊を中心とした火薬類によって破壊された地域は、同時に細菌のうごめく世界と化しているはずだった。

情報は、たちまちのうちに集ってきた。

中国軍側の暗号文をすべて解読していた支那派遣軍総司令部は、撤退地域に復帰した中国軍から重慶政府に発信される多くの暗号電文を傍受、解読した。それらは、日本軍の撤退地域に伝染病が急速にひろまっていることを告げていた。

総司令部は、あらかじめそれらの地域に多くの密偵を放ってその実情を確認することにつとめていた。

密偵は一人残らず中国人で、言語、風俗、習慣などの相違から、日本人の諜報員が潜入することは危険であったからだった。

それらの密偵の経歴はさまざまで、投降者、元警官、商人等の男性にまじって多くの女性もくわわっていた。

かれらは、一般市民をよそおって市街の中に住み、日本軍情報班員から諜報活動の代償として金銭や生活必需品をひそかに受けとっていた。情報班員は、かれらに中国の父――孫文のアジア主義を奉ずべきだと説き、アメリカ、イギリスのアジア植民地化政策を阻止するためにも中国と日本が相協調するのが理想だと力説していた。そして、密偵の仕事は、日本と中国との戦争を一日も早く終了させるため大きな貢献をしているのだと熱心に教育していた。

かれらは、家族持ちの者にかぎられていた。それは、一種の人質という意味をもつもので、密偵が意に反した行動をとった場合には、家族の身に死の危険がふりかかることが暗黙のうちに諒解されていた。

情報班は、かれらのもたらす情報を息をひそめて待った。

やがて、それらの中国人密偵から撤退地域の情報が続々と流れこんできた。それによると、爆砕された航空基地、鉄道、橋梁、主要道路の修復は日本軍撤退と同時にはじまったが、原因不明の伝染病の蔓延のため作業は阻害されてほとんど中止状態におちこんでいるという。ペスト、コレラ、チフス、パラチフスの病原菌が各地域に満ち、中国軍衛生部はその撲滅に全力をあげているが、中国軍将兵、住民の罹病は相つぎ、その猛威は果てしなくひろがるばかりだともつたえてきた。

また或る密偵は、中国軍側の新聞を入手して持ち帰った。そこには、細菌撒布の作戦が、戦慄すべき恐怖をあたえていることがあきらかにされ、殊に主要航空基地のある玉山、衢州一帯が細菌のひしめく死の世界と化していることが明記されていた。そして、その両航空基地と周辺一帯が毒化地帯として立入禁止地域に指定されたことも書きしるされていた。

浙贛作戦は、大規模な細菌撒布によってその目的を充分にはたした。……支那派遣軍総司令部は、中国軍航空基地を利用するというアメリカの日本本土空襲計画をうちくだくことに成功したのだ。

ドウリットル中佐を隊長とするノースアメリカンB25十六機の日本本土初空襲は、大本営陸海軍部に大きな衝撃をあたえた。その結果、海軍は、哨戒線の拡大を目的にミッドウェイ海戦をくわだて、また陸軍はアメリカ機の逃避地となった中国軍航空基地を破壊するため浙贛作戦をおこした。

　しかし、そうした処置はあくまで空襲阻止を目的とした消極的な方策で、大本営首脳部は満足していなかった。かれらは、国内の士気をあげると同時に、アメリカの日本空襲に報復するような積極的な攻撃方法を模索した。……その結果、くわだてられたのがアメリカ本土爆撃という大規模な構想だった。

　ドウリットル爆撃機隊の日本本土初空襲がおこなわれた昭和十七年末、中島飛行機株式会社社長中島知久平は、ひそかに大航続力をもつ爆撃機の試作を計画していた。

　かれは、日本本土から超大型爆撃機を発進させ、太平洋を横断してアメリカ本土を爆撃すれば戦局を有利にみちびくだろうと判断し、社の技術陣を督励して新型爆撃機の研究をすすめさせていた。

　当時日本の航空機設計・製作技術は、世界の最高水準に達していた。中島の構想にもとづく超大型爆撃機は欧米各国の予想を完全に上廻るもので、中島は異常なほどの情熱をそそいでその研究にとりかかっていた。

　アメリカに対する報復手段を考えていた大本営は、中島の計画している太平洋横断爆撃機の構想に注目し、翌昭和十八年秋、陸・海軍と中島飛行機との三者協力のもとに新型爆撃機の出現に努力することを決定した。このアメリカ本土爆撃計画は

Z計画と称され、新型爆撃機を「富嶽」（G10N1）と命名した。

中島知久平をリーダーに、「富嶽」の設計はすすんだ。

「富嶽」に課せられた作戦計画は、壮大なものだった。

日本から発進した「富嶽」は、大編隊を組んでアメリカ本土に達し、成層圏から多量の爆弾を投下して重要工業地帯を壊滅させ、その後大西洋を渡って同盟国ドイツの航空基地に着陸する。そして、その基地で爆弾、燃料を搭載し、再び大西洋を渡ってアメリカ本土を攻撃、長駆太平洋をとび越えて日本に帰着するという大規模な戦法だった。

この作戦計画については、陸・海軍の担当者間ではげしい意見の対立があった。

陸軍側は「富嶽」の到達可能な高度は一万メートル程度が適当で、敵戦闘機の迎撃を排除するため機関砲、機銃等の重兵装をほどこすべきだと主張した。

これに対して海軍側は、高度一万五千メートル案をゆずらなかった。

この海軍案には、二つの利点があげられた。まずそのような超高度をたもって飛行すれば、敵戦闘機は上昇することもできず迎撃を受ける心配がない。そのため兵装も軽度ですみ、機の重量も減少して航続力にも好影響をあたえる。さらに成層圏を飛行すれば、当然空気抵抗も少なく燃料もそれだけ少量ですみ、航続距離の延長もはかれる。

　そうした利点をあげて、海軍側担当者は高度一万五千メートル案を力説した。

　この両者の対立は、海軍側の考え方が陸軍側より一歩先んじた優れたものであることをしめしていた。

　そのような作戦計画の混乱はあったが「富嶽」の基礎設計は順調にすすみ、その設計内容が確立した。それは、アメリカのほこる大型爆撃機Ｂ29をはるかにしのぐ規模と性能をもつものであった。

　Ｂ29との比較表は、左のようなものであった。

	富嶽	Ｂ29
翼幅	六三〜六五メートル	四三メートル
全長	四〇〜四五メートル	三〇メートル
翼面積	三五〇平方メートル	一五一平方メートル
航続距離	一八、五〇〇キロメートル	六、六〇〇キロメートル
全重量	一六〇トン	六三トン
爆弾搭載量	二〇トン	九トン
エンジン	二、五〇〇〇馬力六基	二、二〇〇〇馬力四基

「富嶽」は、日本から太平洋を越えアメリカを経て大西洋を横断することを目的とした機で、Ｂ29と比較すると三倍弱の大航続力を保有していたのだ。

むろん独創的な創意が随所にみられたが、その一つに車輪構造があった。

車輪は、前輪以外に胴体と主翼下にとりつけられ、それらは二輪一組になっていた。かなりの重量負担となったが、それを軽減するため「富嶽」は、離陸直後二輪一組の車輪の一つをはずして捨てる仕組みになっていた。「富嶽」は、長い飛翔(ひしょう)時間中にガソリンもへって機の重量も減少するので、着陸する折には半減した車輪で充分機をささえることができる。そして、再び離陸する折には、新たに車輪一個ずつをくわえて、二輪一組の車輪とするように設計されていたのだ。

世界航空史上類のない最大の爆撃機である「富嶽」の設計もすべて終了し、東京の郊外にある三鷹に組立工場の建設も本格的にはじまった。

しかし、戦局の悪化は、「富嶽」の出現を大きくさまたげた。

アメリカの総反攻は激化し、太平洋上の島々では日本軍守備隊の全滅が相ついでいた。さらに昭和十九年に入ると、その攻撃は苛烈さを増し、遂に七月七日にはサイパン島もアメリカ軍の手中に落ちた。

サイパンの失陥は、日本本土がアメリカ爆撃機Ｂ29の空襲を受けることを意味するものでもあって、陸海軍の航空兵力は、やがてサイパンから飛来するB29を迎撃しなければならぬ立場に立たされた。そのためには、多くの戦闘機を保有し待機する必要があった。

当然、軍は中島飛行機をふくむ各航空機会社に戦闘機の大増産をうながした。が、すでに資材はとぼしく、熟練した工員の数も大量生産には不足がちで、到底軍の要求に応ずることは不可能になっていた。

そうした急迫した状況の中で、「富嶽」の試作・生産は、二義的三義的なものと判断された。その超大型爆撃機を生産するには大量の資材と技術能力を必要とする。本土をはじめ太平洋諸地域で防禦にあえぐ陸海軍は、「富嶽」生産に必要な資材・労力を戦闘機の生産にさかなければならなかった。しかも、「富嶽」のアメリカ本土空襲計画は、大西洋を横断してドイツ航空基地に達する構想のもとに樹立されたものであったが、その意味はすでに失われていた。

ヨーロッパ戦線での連合軍側の反攻はいちじるしい成果をあげていて、同盟国イタリヤの無条件降伏によってドイツは孤立化し、アメリカ、イギリス、ソ連各国軍の大攻勢を受けて後退をつづけていた。つまりドイツの敗色は濃厚で、ドイツ航空基地を利用するというアメリカ本土空襲計画は、その根底からくずれ去っていたのだ。

そうした事情を考慮して、陸海軍担当者ははげしい議論を重ねた末に、「富嶽」生産計画を破棄することに決定した。

しかし、かれらは、諦めることをしなかった。アメリカ本土に、なにかの方法で痛烈な打撃をあたえたいとねがい、その方法について探究をつづけていた。

そうしたかれらの眼に、満州で誕生した新兵器が貴重な意味をもつものとして映った。そこには、破天荒な研究が徐々に一つの形をとって実用段階に近づいていたのだ。

ハルピン郊外の防疫給水部での細菌戦用兵器の研究・実験は、熱をおびてつづけられていた。

給水部の建物の内外や、安達駅特設実験場での実験は、連日のように反復され、ペスト蚤やペスト鼠は飼育室にひしめいていた。

太平洋上や南方諸地域での戦況の悪化は、防疫給水部の緊張を異常なまでにたかめていた。

物資の欠乏にあえぐ日本の兵器生産量は急激に下降し、それに比してアメリカの兵器生産量は上昇の一途をたどっている。そのままの状態で推移すれば、日本の全面的な敗北は必至だった。

関東軍防疫給水部長曾根二郎軍医少将は、そうした大局を冷静に直視し、昭和二十年秋ごろには、アメリカ軍の日本本土進攻作戦が開始されるだろうと判断していた。

かれは、幹部部員を集めると、

「われわれの長年にわたって研究実験をつづけてきた細菌戦用兵器の使用時期はせまっている。種々の情勢を勘案すれば、一大決戦は昭和二十年秋とほぼ断定できる。それは、日本の興亡を賭ける重大な時であり、世界水準をはるかにぬきんでたわれわれの細菌戦用兵器が、決定的な威力を発揮する時でもある。諸君も祖国守護のために一層研究実験に専念して欲しい」

と、強い語調で訓示した。

曾根には、細菌戦法に対するゆるぎない自信があった。

中国大陸では、軽爆撃機から常徳、寧波にペスト蚤を撒布させて、その汚染に成功した。蚤が、細菌を人体に感染させる有力な媒体であることを実地で確認したのだ。また支那派遣軍総司令部と協力し、浙贛作戦にも細菌部隊を指揮して参加した。

そして、占領地域の徹底破壊という作戦目的にそって、撤収地の細菌汚染を実施し、殊に重要航空基地である玉山、衢州を毒化地帯として廃墟と化した功績は高く評価された。さらに、曾根の独創からうまれた細菌爆弾も、度重なる安達駅特設実験場での囚人を使用した実験でその効果がきわめていちじるしいことが立証されていた。

それらの業績から考えて、曾根は、一大決戦にのぞむ細菌戦部隊の態勢は、すでに充分ととのえられたと判断していた。

曾根は、アメリカの攻撃に関心をいだくと同時に、満州と国境を接したソ連の動きにも不穏なものを感じていた。

日本とソ連は、昭和十六年四月十三日、左のような中立条約を締結していた。

第一条　両締約国ハ、両国間ニ平和及友好ノ関係ヲ維持シ、且相互ニ他方締約国ノ領土ノ保全及不可侵ヲ尊重スベキコトヲ約ス

第二条　締約国ノ一方ガ、一又ハ二以上ノ第三国ヨリノ軍事行動ノ対象ト為ル場合ニハ、他方締約国ハ該紛争ノ全期間中中立ヲ守ルベシ

第三条　本条約ハ、両締約国間ニ於テ其ノ批准ヲ了シタル日ヨリ実施セラルベク、

且五年ノ期間効力ヲ有スベシ
両締約国ノ何レノ一方モ、右期間満了ノ一年前ニ本条約ノ廃棄ヲ通告セザルトキハ、本条約ハ次ノ五年間自動的ニ延長セラレタルモノト認メラルベシ
第四条　本条約ハ、成ルベク速ニ批准セラルベシ。批准書ノ交換ハ、東京ニ於テ成ルベク速ニ行ワルベシ

この条約は、正式の不可侵条約であった。しかし、その後日・ソ両国にはさまざまな変化が起っていた。まずこの条約締結後二カ月が経過した六月二十二日、ソ連領土内にドイツ軍が侵入して、ドイツとソ連は戦闘状態に入った。そのためソ連は、満州国境方面の兵力をヨーロッパ戦線に移送して、国土防衛に全力をあげた。

ドイツ軍の攻勢はすさまじくソ連軍は後退をつづけ、スターリングラードでのはげしい攻防戦が開始された。ソ連軍の抵抗は頑強で、昭和十七年十一月下旬には、ソ連軍は反攻に転じ、翌昭和十八年二月二日、スターリングラードのドイツ軍を降伏させることに成功した。

その間、日本は、独ソ戦を静観していたが、ソ連軍がドイツ軍に対し優位に立ったことは大きな不安をあたえた。ヨーロッパ戦線でソ連軍がドイツ軍を圧倒すれば、

当然その余力を満州国境方面にさいてくることが予想されたのだ。

日本とソ連との間には、たがいに侵すべからずという不可侵条約が結ばれているが、ソ連がその条約を一方的に破棄して満州国内に侵攻してくるおそれが全くないとはいえなかった。むしろ、アメリカ、イギリス等と連合軍側に参加したソ連は、日本を敵視して攻撃をかけてくる可能性もあった。

満州防備にあたる関東軍総司令部は、その予想のもとに兵力の配備につとめていたが、精鋭を誇っていた関東軍には数年前の強大さはなかった。アメリカの総反攻が激化するにつれて、関東軍兵力の主力が南方諸地域に転送されていたからであった。

関東軍防疫給水部長曾根軍医少将は、そうした現状を直視し、対ソ戦にそなえて新しい細菌戦用兵器の開発にも力を注いでいた。

かれは、対ソ開戦と同時にソ連軍はソ満国境全線を突破し、侵攻してくるだろうと予想していた。これに対する関東軍の兵力は弱体化しているので随所で壊滅状態におちいり、ソ連軍はその誇示する機動力を発揮して満州国土内に急進撃してくるにちがいないと判断した。

そのような事態におちいってしまっては、細菌戦用兵器も思うような成果をあげることはむずかしい。それよりも、ソ連軍の国境線突破直前にソ連領域に多量の細菌を撒布し、その兵力をあらかじめ衰弱化させておくのが最善の方法だと思った。

ソ連軍領域に細菌を撒布する方法としては、航空機からの細菌爆弾の投下方法が考えられる。しかし、航空機を開戦前にソ連領土上空に侵入させることは、そのまま対ソ戦を早めさせることはあきらかで、それを避けるためには航空機使用以外の方法でひそかにソ連領土内へ細菌撒布をおこなわなければならなかった。

そのような制約のもとに、曾根は、最も適した細菌撒布方法の探究に苦心したが、かれの到達した結論は、風船を使用することであった。

かれは、細菌学者であると同時に、創意にみちた発明家であった。

子供の小さい手からはなれた風船。それは、青空に上昇すると風に送られて高い空を流れてゆく。

航空機とはことなって、風船は、音もたてずひっそりと舞いあがり、移動する。もしも、月も星もない夜間にはなてば、風船はソ連軍側にも発見されず陣地の後方へと細菌をはこぶだろう。

深夜の闇の中を流れてゆく風船の大群。その想像が、かれの胸をふくらませた。

かれは、早速部下に命じて細菌運搬用の風船の研究を命じた。

やがて試作風船が完成し実験をかさねた結果、風船が細菌を運搬するのにきわめて有効な武器であるという結論を得た。

この風船研究は、関東軍総司令部の注目を浴び、さらにそれは発展して武装兵運搬用の風船が出現した。

ソ連軍陣地に兵力を投入する方法としては落下傘部隊の降下があるが、航空機による兵員の輸送はソ連軍に察知される可能性がたかい。しかも、それは昼間におこなわれるので、その落下傘部隊の降下は確実に発見され包囲攻撃を受けるにちがいなかった。それに比して、風船を使用すれば爆音はきこえないし、夜間をえらべば発見されるおそれも少い。

曾根は、関東軍総司令部と協力して、一人乗り用の風船を完成した。それは直径五メートルの大きさのもので、風船の表面にもうけられた穴を開閉することによって、流れる方向を変えたり降下することもできるようになっていた。

人体と同じ重量の物体をむすびつけて風船をはなつ実験がくり返され、ようやく確信を得た総司令部は、実際に武装兵を搭乗させて飛ばせてみた。それは予期以上の成果をあげ、最大百キロメートルまで飛ばせられることを確認した。

関東軍総司令部は、この結果に満足した。そして、風船を利用した奇襲挺進攻撃を任務とする部隊を新たに編制し、ソ連国境附近に本部をおいて猛訓練を開始させた。隊員の数はその後急速に増し、二千名以上の兵力となった。

「富嶽」に代るアメリカ本土攻撃兵器の模索に腐心していた陸軍担当者は、満州で実戦用として採用された風船に着目した。もしも風船が爆弾を搭載して太平洋を越え、アメリカ本土に達することができたら……と、かれらは考えた。そして、関東軍から実物を入手すると、その性能の検討を開始した。

しかし、アメリカ本土に風船をとばすという案は、軍中枢部の失笑を買った。それはあまりにも突飛であり、現実ばなれした空想物語のようにしか思えなかったのだ。

風船が太平洋を渡ってアメリカ本土に達するのには、一万キロメートル以上の距離を飛びつづけねばならない。そのようなことが、実現するとは予想もできなかったのだ。

しかし、東京郊外の登戸町（のぼりと）にあった陸軍技術研究所では、風船爆弾の本格的な研究にとりくんだ。この研究所は、陸軍の秘密兵器の研究・製造をおこなっていた特殊機関で、十一万坪にのぼる広大な敷地は完全に外部から遮断され、秘密裡に多くの恐るべき兵器が生み出されていた。

風船爆弾の研究を担当したのは研究所第一課で、曾根二郎の考案した細菌戦用兵器を運搬する風船にヒントを得て巨大な風船爆弾の研究にはいった。

むろん百キロ程度の飛翔力しかない関東軍の風船では、目的を達することはできない。アメリカ本土にたどりつくことのできる風船は、当然それらの風船よりもはるかに大きな規模をもつものでなければならなかった。

陸軍技術研究所では、世界的な気象学者である藤原咲平博士等に風船を飛翔させる風の状態についての研究を依頼した。その結果、高空一万メートル附近にながれる偏西風に風船がのれば、遠くアメリカ本土に達することも不可能ではないことがあきらかになった。気象的には、十一月から三月にいたる冬季が望ましく、風船に時限信管をつけた焼夷弾を搭載し、アメリカ本土上空にたどりついた時、自動的に焼夷弾を落下させる計画が立てられた。

陸軍技術研究所では、充分な確信をいだいて大本営陸軍部に報告し、設計試作をつづけ、遂に新兵器としての風船爆弾の完成をみた。

この風船は直径十メートルのもので、高度調節装置がとりつけられていた。

この装置には、巧妙な工夫がほどこされていた。まず風船には、二・七キロの重さのある砂嚢（さのう）が三十個ほどぶら下げられていた。そして、風船が偏西風の吹かない九千メートル以下の高度にさがった場合、それに応じて変化する気圧計の働きで止め金がはずれ、砂嚢が適当な個数だけ落下する仕組みになっていた。つまり、重量を軽くすることによって、風船は再び高く舞いあがり、偏西風に乗ることができるのだ。

また逆に高度が上りすぎた折の対策も立てられていた。偏西風を受けるためには適当な高度をたもたさなければならないので、高度一万五千メートル以上に上昇すると、気嚢（きのう）の弁が自動的にひらいて風袋の内部の水素が排出して降下するようになっていた。

風船には、数個の焼夷弾をふくむ爆弾が搭載される予定になっていた。さらに、その風船爆弾の内容がアメリカ側に察知されることをふせぐため、爆弾のすべてを投下した直後、自動的に風船が爆破する装置もとりつけられていた。

風船は数個ずつ集団をくんで放たれるが、それらがアメリカ本土にたどりついたかどうかを判断する方法が必要であった。そのため、一集団にラジオゾンデをつけた風船をくわえて、それから発する無電信号によってその進行方向を確認しようという工夫もほどこされていた。

風船の気嚢は雁皮紙（がんぴし）でつくられ、コンニャクを原料とした特殊糊で接合するのが最適であるということが研究の結果あきらかになった。その原料の量は尨大なものであったため、国内はもとより占領地域から紙とコンニャクを収集することにつとめた。

風船の製作は、外部からの眼にさらされず、しかも広い場所を必要とするので、東京都内の建物が物色された。その結果、両国の国技館、有楽町の日本劇場、東宝劇場、浅草の国際劇場等を風船爆弾の作業場とした。

作業には、多数の経師屋(きょうじや)が動員され、その指導のもとに手先の仕事に適した女学生や花街の婦人が数多く作業に従事した。

風船は続々とつくり出され、それらは厳重にシートでおおわれて深夜トラックで放球地点に送られていった。

攻撃の機は、徐々に熟していった。すでに風船爆弾をはなつための気球聯隊が新たに編制され、昭和十九年九月二十五日、大本営陸軍部から攻撃準備を急ぐべしという命令が発せられた。

気球聯隊の主力は大津、勿来(なこそ)附近に、一部は一宮、岩沼、茂原、古間木附近の太平洋沿岸に展開を終り、十月末を期してアメリカ本土に対する風船爆弾攻撃を開始する態勢をととのえていた。

大本営のただ一つの危惧は、風船爆弾が思わぬ方向に飛ぶことであった。それが国内に落下すれば逆効果だし、さらにソ連領土内に流れるようなことがあれば日・ソ戦の勃発をうながす。アメリカの反攻にあえぐ日本には、ソ連の攻撃をささえる力はすでにうしなわれ、ソ連を刺戟するような方法は極力避けねばならなかった。

このような危険をふせぐため、大本営陸軍部は、陸軍中央気象部を気球聯隊に協力させて、放球時の気象状況を慎重に検討するように厳命した。

十月二十五日、大本営陸軍部参謀総長は、左記のような風船爆弾によるアメリカ本土攻撃命令を発した。

一、実施期間ハ、十一月初頭ヨリ明春三月頃迄ト予定スルモ、状況ニ依リ之ガ終了時期ヲ更ニ延長スルコトアリ
攻撃開始ハ、概ネ十一月一日トス
但シ十一月以前ニ於テモ、気象観測ノ目的ヲ以テ試射ヲ実施スルコトヲ得
試射ニアタリテハ、実弾ヲ装着スルコトヲ得

二、投下物ハ爆弾及焼夷弾トシ、其ノ概数左ノ如シ
十五キロ爆弾　　約七、五〇〇個

五キロ爆弾　約三〇、〇〇〇個
十二キロ焼夷弾　約七、五〇〇個

三、放球数ハ、約二〇、〇〇〇個トシ、月別放球標準概ネ左ノ如シ
十一月　約五、〇〇〇個トシ、五日頃迄ノ放球数ヲツトメテ大ナラシム
十二月　約三、五〇〇個
一月　約四、五〇〇個
二月　約四、五〇〇個
三月　約二、〇〇〇個
放球数ハ、更ニ約一、〇〇〇個増加スルコトアリ

四、放球実施ニアタリテハ、気象判断ヲ適正ナラシメ、以テ帝国領土並ニソ領ヘノ落下ヲ防止スルト共ニ、米国本土到着率ヲ大ナラシムルニツトム

五、機密保持ニ関シテハ、特ニ左記事項ニ留意スベシ
1、機密保持ノ主眼ハ、特殊攻撃ニ関スル企図ヲ軍ノ内外ニ対シ秘匿スルニ在リ
2、陣地ノ諸施設ハ、上空並ニ海上ニ対シ極力遮蔽ス
3、放球ハ、気象状況之ヲ許ス限リ、黎明、薄暮及夜間等ニ実施スルニツトム

六、今次特殊攻撃ヲ「富号試験」ト呼称ス

太平洋横断爆撃機「富嶽」によるアメリカ本土空襲構想が、細菌戦用兵器運搬風船からヒントを得た風船爆弾によって実現することになったのだ。

十一月一日早朝、気象状況良好という気象部からの報を受けた気球聯隊長は、各隊に対し風船爆弾をはなつことを命じた。

太平洋沿岸に配置された各隊では、巨大な風船を一斉に放った。

風船は、早い速度で上昇して徐々に小さくなり、やがて点状となって空の彼方に消えていった。

風船爆弾が日本から放たれた三日後の昭和十九年十一月四日、アメリカの西海岸に近い太平洋上を航行中の海軍哨戒艇が、奇妙な漂流物を発見した。

それは大きな布のようなもので、水兵が引き上げようとしたが下方に重いものがついているらしく上げることができない。そのためナイフで切りはなし、布状ののだけを収容した。それは日本の風船爆弾の気嚢で、太平洋を横断しアメリカ本土近くまで達したのだ。

布状のものは、アメリカ西部防衛司令部にとどけられた。司令部では、日本製の標識があるのを発見し、日本が風船を利用した新しい兵器で攻撃をはじめたことを察知した。

西部防衛司令部は、ただちに海軍、連邦検察局に警報を発し、すべての林務官に風船が降下した場合には必ず報告し、またその破片を押収したらすぐに司令部へ送るよう依頼した。

アメリカ側は、斬新な風船兵器に無気味な恐怖を感じた。すでにアメリカ軍首脳部は、諜報機関を通じて日本ですぐれた細菌戦用兵器の研究が着々とその成果をおさめているらしいことを入手していた。得体の知れぬ風船の気嚢の一部を発見したアメリカ軍当局者は、日本が風船を利用してアメリカ本土に細菌戦を展開しようとしているのではないかという危惧をいだいた。

アメリカ側は、あらゆる政府機関を動員して厳重な警戒にあたっていたが、十一月中旬風船の一部と思われる破片を再び太平洋上で発見、さらに一個の風船がアメリカのモンタナ州に降下したのを確認した。

その頃から、風船爆弾はアメリカ大陸に続々と姿をあらわすようになった。或る農家の主婦は、真珠色の風船がかがやきながら飛んでいるのを望見した。また森林地帯では原因不明の山火事がおこり、それも空をとぶ怪物のような風船のもたらしたものだと噂された。

　新聞やラジオは日本から飛んできた風船爆弾らしいと報じ、その一部は外国へもニュースとして流れた。

　大本営は、必死にアメリカ側の動きをうかがっていた。理論的には風船が太平洋を横断できるはずだが、確認できる手がかりはなにもつかめない。風船爆弾の各集団にはラジオゾンデを搭載した風船を一個ずつ加えてアメリカ本土への到達を確かめようとしていたが、そこから発信する電波はことごとく途絶えている。そのラジオゾンデを搭載した風船は、気嚢を雁皮紙より一段すぐれたゴム引き絹布でつくられていたが、実際はゴム引き絹布の方が雁皮紙より劣っていて、全風船中アメリカ大陸に到達したゴム引き絹布の風船はわずか三個にすぎなかったのである。

　効果確認の手がかりもつかめず苛立っていた大本営は、ようやくアメリカのラジオ放送から風船爆弾がアメリカ大陸に到達したことを知って喜色につつまれた。そして、予定通り気球聯隊に命じて風船爆弾の放流をつづけさせた。

　アメリカ側では、相つぐ風船爆弾の飛来でかなりの動揺をしめしていた。その後、風船爆弾の破片がいくつか集められ、ワシントンの海軍研究所とカリフォルニア工科大学に送りこまれた。調査にあたった技術者たちは、気嚢が上質の紙を植物性の糊で接合したものであることを知り、それがアメリカで使われている最上のゴム引き気球用布よりも水素を洩らさぬ点ではるかにすぐれたものであることに驚嘆した。

また高度調節に使われている砂嚢の中の砂をしらべた地質学者は、日本の五カ所の地名をあげ、それらの土地の砂質に似ていると判定した。そのため空軍に依頼して、これらの土地を上空から偵察し写真撮影した結果、その一枚の写真に真珠色の風船が数個ならんでいるのがはっきりと映し出されていた。

それらの断片的な情報を集めているうちに、やがてアメリカ側は完全な風船爆弾を手に入れることができた。

十二月中旬、アメリカ西部の或る市の上空に風船爆弾が飛んでいるという報告が防衛司令部に入った。

司令部では、空軍に連絡し風船爆弾をいためずに降下させるよう命じた。

爆弾の搭載されている風船に近づくことは危険だったが、操縦士は大胆にも接近して、プロペラからおこる気流を吹きつけて風船爆弾を市の郊外に誘導していった。

そのうちに気流を何度も吹きつけたためか吊り籠がかたむき、水素調整装置がはたらきはじめた。たちまち水素が排出し、風船は降下して静かに地上に着陸した。これによってアメリカ側は、風船爆弾の全貌をつかむことに成功した。

アメリカ軍当局は、その風船を調査し種々検討の結果、一つの結論を得た。炸裂爆弾は、それほどの危険はない。恐しいのは、焼夷弾である。幸い冬季なので、森林地帯は雪にとざされ小規模の山火事ですんでいるが、夏季の森林火災期間に焼夷弾攻撃をくわえられれば、大規模な山火事がいたる所に発生し一大脅威となる。消火隊が各地に組織されてはいるが、それらの力で防止できるものではなかった。

さらにアメリカ軍当局が最も恐れたのは、細菌攻撃であった。満州に本部をおく曾根二郎軍医少将が、そのすぐれた頭脳で細菌戦用兵器の研究に没頭していることを知っていたかれらは、中国大陸の常徳、寧波で軽爆撃機から細菌が撒布され、疫病が猛威をふるったという情報も入手していた。さらに浙贛作戦で玉山、衢州をはじめ日本軍の撤退地域が毒化地帯となったのも、曾根部隊の活動にちがいないと判断していた。

そうした過去の結果から考えて、風船を利用してアメリカ大陸に大量の細菌撒布を企てているのではないかと想像した。その場合には、人間、家畜、植物を対象に病害をおこす細菌が使用されるだろうと推定した軍当局は、細菌予防学者をはじめ各州の保健官吏、獣医官、農業大学関係者たちを動員して、細菌攻撃に対する防衛計画を立てた。

それにもとづいて、とりあえず各要所々々に殺菌用薬剤、防毒衣等を配布貯蔵させ、またあらゆる地域の農民と放牧者たちに対して、牛、羊、豚等になにか変わった病気の兆候があらわれた折には、州当局へ急報するよう要請した。

これらの対策を立てた後、軍当局は、アメリカ全土とカナダのラジオ放送、新聞関係者に風船爆弾に関する報道の全面禁止をもとめた。人心の動揺をふせぐためと、日本側にその成果がもれることを恐れたからであった。

しかし、この報道禁止の処置は、一般の人々に風船爆弾の恐しさを知らせることを困難にした。オレゴン州では、ピクニックに行った子供たちの一団が、林の中にある風船を見つけていじりまわし、突然の爆弾の炸裂で婦人一人と子供五人が即死したりした。

日本から放たれた約九千個の風船のうち千個近くはアメリカ大陸から西部カナダにいたる地域に到達していた。また約百個の風船爆弾は、投弾直後に空中で閃光をはなって爆発し、森林地帯に火災の発生が至る所にみられた。

アメリカ側の完全な報道禁止は、日本側に一つの錯覚をあたえた。アメリカ国民の気質として、もしも風船爆弾がアメリカ大陸に到達していたら当然ラジオ、新聞がニュースとして流すはずだと考えた。それが、十二月中旬、風船爆弾のラジオニュース以来絶えていることは、それ以後アメリカ大陸にたどりついた風船が皆無であると判断せざるを得なかった。

大本営陸軍部は、作戦が完全に失敗したと判断し、作戦の中止を命じた。

その頃、日本をめぐる戦況は最後の段階に落ちこんでいた。

マリアナを基地としたB29の大編隊は、日本各地に無差別爆弾を反復し、工業地帯は破壊され都市は焦土と化しはじめていた。そして、太平洋諸島をつぎつぎと手中に入れ進攻をつづけてきたアメリカ軍は、昭和二十年四月一日、日本本土上陸の拠点を確保する目的で日本都道府県の一つである沖縄本島に上陸した。

満州の危機も、急速に増していた。ドイツはすでに壊滅寸前に追いこまれ、やがてはヨーロッパ戦線からソ連軍が、ソ連国境に転送される気配は濃厚だった。

関東軍防疫給水部長會根二郎は、その月に軍医中将に昇進していた。かれは、関東軍の無力化を充分知っていて、細菌戦用兵器が一層重要な意味をもつものとなったことを確認していた。

かれは、最後の決戦の刻が目前にせまったことをさとり、細菌戦用兵器の整備に専念していた。

七

昭和二十年二月下旬、満州国守備に任ずる関東軍総司令部の最も恐れていた情報が突然入電してきた。それは、ソ満国境に配されている部隊からのものでソ連軍兵力がいちじるしく増強されているという報告だった。

すでにアメリカ軍の反攻は一層激化し、おびただしい物量を投入して占領されていた諸地域の奪回をはかり、日本軍はその猛攻を浴びてつぎつぎと潰滅させられていた。

それまでソ連は、アメリカ、イギリスと協調しながらも中立条約の趣旨にしたがって日本を刺戟することを避けているようにみえたが、日本の敗戦が決定的となったことを察したのか、ソ連の最高指導者スターリンは革命記念日に、

「日本は、ドイツと同様侵略国である」

という非難にみちた演説をおこなった。

　このスターリンの演説は、日本政府に大きな衝撃をあたえた。中立条約のもとに日ソ関係は一応平静をたもっていたが、この演説によってソ連の日本に対する態度が急速に悪化していることをさとったのだ。

　しかし、日本はアメリカの総反攻にあえいでいたし、新たにソ連を敵とする力は全くなかった。一部にはスターリンの演説に抗議せよという強硬な意見もあったが、ソ連を刺戟することによって日ソ関係が一層悪化することを恐れ、ひたすら沈黙を守ることに決定した。

　そうした情勢の中で、スターリン演説から三カ月ほど後に突然あきらかにされたソ連軍のソ満国境方面に対する兵力増強は、日本政府と軍部を驚愕（きょうがく）させるのに充分だった。

　大本営陸軍部は関東軍総司令部に対しソ連軍の動きを充分監視し詳細な情報を集めるよう指示したが、増援部隊はヨーロッパ戦線から移送されたものだということが判明した。

　同盟国ドイツは、アメリカ、イギリス、ソ連の連合軍によって徹底的な打撃を受けて後退をつづけ、その全面的な敗北は時間の問題となっていた。当然ドイツ軍を攻撃しているソ連軍には戦力的な余裕ができ、兵力の一部をソ満国境に送ることは充分に可能だったのである。

国境に配された日本軍は、工作員もはなって昼夜の別なく全力をかたむけてソ連軍の動きを監視していた。その結果、シベリヤ鉄道を走る軍用列車は、ヨーロッパ戦線からの将兵や武器・弾薬を満載してソ満国境に続々と到着し、おびただしい自動車群も、長い列をつくって鉄道輸送をおぎなっていることが確認された。

大本営は、増強以前のソ満国境に配されたソ連軍の兵力を、人員七十万、飛行機一千五百機、戦車一千台と推定していた。が、昭和二十年一月頃には人員五万、飛行機二百機が増加し、その後兵力の強化は急速に上昇して、四月末には人員八十五万、飛行機三千五百機、戦車一千三百台、五月末には人員百五万、飛行機四千五百機、戦車二千台、六月末には人員百三十万、飛行機五千六百機、戦車三千台と、わずか半年間に人員は約二倍弱、飛行機三・七倍強、戦車三倍という数字にふくれ上っていることをかぎつけた。

これに対して関東軍の兵力は、ソ連軍と対峙（たいじ）するには余りにも劣弱な存在にすぎなかった。

元来、関東軍は、戦備の点でも将兵の訓練度に於ても、日本陸軍最強の一大兵力集団であった。太平洋戦争勃発後も、将兵は、ソ連を仮想敵国として黙々と兵備をととのえ、きびしい訓練をかさねてきていた。昭和十七、八年頃の関東軍傘下の各兵団は、ソ連軍に充分対決できる強力な精鋭度をほこっていたのである。

しかし、このような関東軍兵力も、昭和十八年半ばを境に大崩壊をつづけるようになった。アメリカ軍の総反攻を阻止するため関東軍主力部隊が太平洋戦線に投入されはじめたためで、その傾向は日を追ってはげしくなり昭和十九年夏には、その兵力も半減していた。そして、さらに、昭和二十年三月には、その兵力の半ば近くが満州から姿を消した。アメリカ軍の日本本土上陸も目前にせまったと判断した大本営が、関東軍に対しその兵力の日本内地への転属を命じたのだ。

そうした情勢の中で、ソ連軍の兵力増強は、無力化した関東軍にとって一大脅威となった。

アメリカ軍が沖縄に上陸作戦を開始して間もない四月五日、日本政府の危惧していた通告がソ連政府からもたらされた。それは、日ソ中立条約の不延長であった。

この通告は、ソ連外相モロトフから駐ソ大使佐藤尚武につたえられたが、その理由としてモロトフは、

「日ソ中立条約は、独ソ戦、日米英戦以前に締結されたもので、その後、事情は大きく変わってきている。日本はソ連の敵国であるドイツと同盟国であり、その上ソ

連の同盟国であるアメリカ、イギリスとも戦争をおこなっている。このような状況では、日ソ中立条約の意義はない」

と、述べた。

日ソ中立条約は、昭和十六年四月十三日に締結されている。有効期間は五カ年であるので、不延長通告は、昭和二十一年四月十二日まで有効であることを意味していた。

この点について日本側は、モロトフ外相に問いただし、モロトフも五カ年間は有効であると回答した。

しかし、日本政府は、ソ連が中立条約を一方的に踏みにじってその有効期間内に宣戦布告をしてくるかも知れぬという予感におびえていた。そして、ソ連の対日参戦をはばむためには外交的な接触をつづけることが良策と判断し、それを一歩すすめてソ連を仲介者に米、英両国との和平交渉をあっせんしてもらおうという意志もかためていた。

その和平交渉を実現し幾分でも有利な条件ですすめるためには、沖縄戦で日本が勝利をおさめる必要があり、軍部は、沖縄作戦に全力を傾注した。が、五月上旬軍部の期待もむなしく沖縄最後の地上攻撃は失敗し、戦況はほとんど絶望的なものとなった。

ヨーロッパで必死の抵抗をつづけていたドイツ軍にも、最後の時がやってきた。米、英、ソ三国軍を中心とした連合軍はドイツ領内で快進撃をつづけ、五月一日にはナチスドイツの象徴であったヒトラー総統の自決が報ぜられ、翌二日には首都ベルリンも陥落した。そして、同月七日、ドイツは連合国側に無条件降伏したのである。

イタリヤにつぐドイツの降伏によって、日本は、遂に孤立することになった。アメリカ、イギリス、中国を敵国とし、その上無気味な沈黙をまもるソ連の存在におびえていたのだ。

関東軍は、ソ連軍の大増強に対処するため激減した兵力を補充する必要をみとめ、満州に住む日本人男子に召集令を発した。それは根こそぎ動員と称された大量動員で、二十五万人の男子が兵役に服した。

これによって関東軍は七十五万という兵員を保持したが、すでにソ満国境に集結を終えたソ連軍兵力の六十パーセント弱にすぎなかった。

しかも、関東軍の兵力は、一師団をのぞいたすべてが新設された兵団で、訓練度もきわめて低く装備も貧弱であった。銃剣を例にとっても約十万丁が不足で、その他野砲、機関銃等の欠乏はいちじるしかった。

航空兵力の劣弱にも、眼をおおうものがあった。精鋭をほこっていた関東軍航空兵力も、戦況の悪化にともなって太平洋戦線に続々と投入され、殊に比島作戦では主力のほとんどが転用された。そして、昭和二十年七月末には、ソ連航空兵力推定約六千機に対して教育用飛行機をのぞく関東軍の出動可能機は、わずかに八十八機にすぎないという惨澹（さんたん）たるものであった。

関東軍には、ソ連と対決する戦力は完全に失われていた。ただ一つの希望は、日ソ中立条約の趣旨にもとづいてソ連が武力行使にふみきらないことを期待するだけであった。

関東軍は、ソ連の対日参戦におびえていた。

ハルピンの市街は、夏の季節をむかえていた。

太陽は家並や道路をやき、周囲にひろがる広大な草原には陽炎（かげろう）が野火のようにゆらめいていた。

ハルピンには、重苦しい空気が日増しに濃くなっていた。

アメリカ軍の沖縄上陸につづいて六月二十三日には守備隊の玉砕と戦闘の終結が

報じられた。そして、その間日本本土はアメリカ大型爆撃機の大編隊による無差別爆撃にさらされて焦土と化し、本土決戦が真剣に叫ばれるようになっていることも知っていた。

ソ満国境は一応沈黙を維持していたが、強大な武力をもつソ連の存在は無気味なものに感じられた。日ソ中立条約はあるものの、ソ連軍が国境線を突破して満州国内になだれこんでくるのではないかという不安が、在満邦人の表情を沈鬱なものにしていた。

さらに七月下旬におこなわれた在満日本男子に対する大量動員は、かれらの不安を一層たかめた。夫を兄弟を子を営門に送り出した家族たちは、満州が戦場と化す日がせまっていることをかぎとった。

ハルピン郊外の草原にもうけられた関東軍防疫給水部でも、戦況の悪化につれて部員たちの表情はこわばり、その眼には落着かない光が浮び出るようになっていた。防疫部長曾根二郎軍医中将は、しばしば飛行機で内地と満州の間を往復していたが、七月下旬あわただしくもどってくると主だったものを集め、

「最後の決戦の日は近い。わが部隊の任務は、一層重要なものとなった」

と、はげしい語気で述べた。

部内には、さまざまな噂がながれた。曾根部長が内地へおもむくのは、軍中枢部に最後の決断をとるように進言しているからなのだという。それは、長年関東軍防疫給水部が研究実験をつづけてきた細菌戦用兵器を駆使して、不利な戦局を一挙に回復すべしという内容にちがいなかった。また曾根部長は、新しい細菌戦用兵器を開発し、その実戦化をすすめているという話もつたわってきた。

部員たちは、それらの話を耳にして大規模な細菌戦の展開される時機がせまっていることを感じとった。

獄舎には、依然として三百名ほどの囚人が収容され生体実験が積極的につづけられていた。すでに細菌汚染や凍傷実験をはじめとした種々の実験をうけて死亡した者の数は、三千名を越えていた。

かれらは、丸太とよばれているように感情表現をうしなった体にひとしかった。堅牢な獄房の中で手錠をかけられたかれらは、さらに着剣した兵や拳銃を携帯した兵に監視されている。かれらは、実験のため獄房からひき出される時も無抵抗だった。はげしい恐怖感から膝をついて身をふるわせている者もいたが、ほとんどの者はうつろな表情で弱々しく引き立てられていった。

しかし、八月に入って間もない或る日、この獄舎で初めての事件が起った。

その日、白衣を着た防疫給水部員が、獄房の一つに入って囚人を引き出そうとした時、獄房の扉の把手(とって)をいつの間にかかくし持っていた囚人が、それをふり上げると部員の頭部を強打した。

部員は、昏倒した。

囚人は、獄房をとび出すと廊下を走り、無人の詰所にはいると鍵の束をつかんだ。そして、他の獄房の扉をつぎつぎとひらいていった。囚人たちは、騒然となった。しかし、かれらは、獄舎が到底脱出できぬ堅牢さと厳重な監視の下におかれていることを知っていた。脱走行為が発覚すれば、たちまち苛酷な死があたえられることも充分さとっていた。

気後れする者が大半だったが、数名の者が房をとび出した。かれらは、脱出しようと寄りかたまって獄舎の入口に向い、扉をあけて中庭に出ることに成功した。が、屋上から監視していた兵がかれらの姿を発見した。

非常ベルが鳴りひびいた。中庭に、着剣した兵が集ってきた。そして、囚人たちをとりかこむと、銃で殴打して昏倒させると特別房に投げこんだ。

その日、脱走をくわだてた囚人は、中庭に並ばせられ、その体に銃弾が射こまれた。

この事件は、防疫給水部員に微妙な心理的影響をあたえた。壮大な建物がハルピン郊外の平房駅に創設されてから、獄舎にも実験部にも研究実験場としての整然とした秩序がたもたれていた。囚人は、丸太として意のままに実験材料に使用されていたし、それは流れ作業をおこなう一大工場のようにすべてが円滑に処理されていたのだ。

しかし、囚人が部員を昏倒させ、他の獄舎の扉もひらいて集団脱走をくわだてたことは、防疫給水部の秩序が破綻をきたしたようにも感じられた。

部員たちは、その事件を戦況の悪化とむすびつけて考えた。丸太にすぎないと思われていた囚人が、初めて人間らしい抵抗をしめした。以前にはなかったことが起った……。それは、給水部員たちにとってなにか不吉なもののおこる前兆のようにも思われた。

八月六日、午前七時九分、広島市内に警戒警報のサイレンが鳴った。

空は晴れ、風はなかった。

Ｂ29三機が、広島湾をへて広島市上空を通過北進後、同七時二十五分播磨灘方向に去った。

その後午前八時六分、広島東方八十キロの地点にある松永監視哨はB29二機が西方にむかってすすんでいると報告した。そのため広島市内に警戒警報が発令されたが、敵機は偵察任務をもつにすぎないと推定された。しかし、その一機は、ポール・W・ティベッツ大佐の指揮するB29エノーラ・ゲイ号で、原子爆弾一個を搭載していたのだ。

この原子爆弾投下命令は、アメリカ陸軍参謀部から発せられたもので、その効果を確認するためにB29一機が随行していた。

アメリカ合衆国陸軍戦略空軍司令官カール・スパッツ大将宛

1、第二〇空軍所属第五〇九混成大隊は、一九四五年八月三日以後、天候が爆撃に適していると判断したなら、左記の目標の一つに最初の特殊爆弾を投下すべし。

広島、小倉、新潟、長崎

この爆弾の結果を観測し記録するため、陸軍省の軍人・軍属を乗せた航空機を爆弾搭載機に随行させ、この観測機は爆発地点から数マイルはなれた位置にはなれて戦果を確認することが望ましい。

2、さらに別の爆弾が用意されたなら、前記目標の他の一つにも投下することを命ずる。

参謀部参謀長代理　ソス・T・ハンディー大将

この命令にもとづいて、二機のB29は、同日午前一時四分、テニアン飛行場を離陸、目標を広島市にさだめて西進したのである。

B29二機は、約九千五百メートルの高度をたもって市の東方から侵入、広島上空で南と北にわかれた。

北にむかったB29から、タンポポの冠毛のような落下傘がひらくのが認められ、それは陽光をあびながら徐々に降下した。

突然、青白い光がひらめいた。まばゆい太陽がゆれたようなすさまじい閃光だった。

大地は、盛りあがった。そして、その直後、広島市上空には環状の大きな赤色煙が湧き、地上からは黄色を帯びた煙が壮大な柱となってはてしなく上昇していった。

市内には、おびただしい死骸が散乱し、傷ついた人々は地上を這いまわった。市の全人口の半ばが死亡または傷ついたのである。

翌八月七日早朝、日本政府は、原子爆弾投下を発表する左記のようなアメリカ大統領トルーマンのラジオ放送を聴取した。

十六時間前ニ、ワガ米国ノ飛行機一機ガ日本ノ有力ナ陸軍基地広島ニ一ツノ爆弾ヲ投下シタ。コレハ原子爆弾デアル。ソノ破壊力ハ、TNTノ二万トンニ相当スル。

ワレワレハ、今ヤ二ツノ巨大ナ工場ト中、小工場ヲ原子力ノ生産ニ向ケテイル。生産ガ開始サレタ頃ニハ、従業員ハ二万五千名デアッタガ、現在デハ六万五千名以上ニ達シ、シカモソコニ働イテイル者ノ大半ハ二年半モ作業ニ従事シテイル熟練者デアル。

ワレワレハ、現在日本ガ有スルイカナル都市、イカナル生産施設モ素早ク完全ニ抹殺スル用意ガアル。ワレワレハ、完全ニ日本ノ戦争遂行力ヲ破壊スルデアロウ。

トルーマンは、この声明によって、広島に投下された特殊爆弾が原子爆弾であることをあきらかにし、しかも今後アメリカは、日本の他の都市にも原子爆弾を投下する意志のあることをほのめかした。

広島に対する原子爆弾の投下は、本土決戦を主張していた日本軍部に強烈な衝撃をあたえた。

残存する練習機をふくむ航空機、小型船舶等はすべて特攻兵器として上陸するアメリカ軍に体当り戦法をくわだてていた日本軍部も、広島の惨状を目前にしてようやく戦争継続が困難であることをさとった。

また原子爆弾の投下を知った天皇も、八月八日には東郷外相を通じて鈴木首相に戦争を終結にみちびくようにとの内示をあたえた。

日本政府と軍中枢部は悲痛な空気につつまれていたが、その夜、さらに驚くべき報告がソ連の首都モスコーの日本大使館から入電した。

駐ソ大使佐藤尚武は、日本政府の意を体してひそかにソ連に対しアメリカ、イギリスとの和平交渉を仲介してもらうようにソ連政府に働きかけていたが、その夜モロトフ外相から得た回答は、意外にもソ連の対日宣戦布告であった。

戦闘の開始日時は、八月九日午前零時と告げられたのである。

日本政府の首脳者たちは、この報に愕然とし、激怒した。日本は、ソ連との間にたがいに侵すべからずという原則をもつ中立条約を締結している。その有効期間は、昭和二十一年四月十二日までであるのに、それを一方的にふみにじって宣戦を布告してきたのはあきらかに条約違反であった。

しかし、ソ連の対日参戦はかなり以前からひそかに予定されていたものであった。ソ連首相スターリンは、アメリカ大統領ルーズベルト、イギリス首相チャーチルとの間でひらかれたヤルタ会談の席上で、日本に対し宣戦布告することを秘密事項として約束していた。そして、その時機は、ドイツ降伏の三カ月後としていた。またポツダム会議の折にも、スターリンは八月下旬に日本に戦争を開始するとも明言していた。

それにしても、八月下旬を予定していたソ連の対日参戦が、なぜ八月九日に早められたのか。

それは、広島への原子爆弾投下によって日本の降伏が早められると判断したためにちがいなかった。

日本は、ソ連が条約を無視して宣戦布告をおこなうだろうという危惧はいだいていた。が、原子爆弾の投下につぐソ連の参戦は、日本の為政者、軍中枢部に大打撃をあたえ、戦争終結の気運を一層たかめた。

八月九日午前零時、ソ連軍はソ満国境で軍事行動を開始、ソ連機は満州、北朝鮮の諸都市や日本海上の船舶に銃爆撃をくわえた。

八月八日、ソ連の対日宣戦布告をうけた大本営陸軍部はただちに関東軍総司令部にその旨をつたえ、さらに司令部から防疫給水部長曾根二郎軍医中将にも緊急連絡された。

防疫給水部にとって、それは長年研究をつづけてきた細菌戦用兵器を徹底的に使用する絶好の機会であった。ペスト蚤は、その後増加の一途をたどっていて広範囲に撒布するのに充分な量に達している。

細菌類は、寒天や肉汁の表面ではてしなく増殖をつづけ、保有する細菌戦用兵器の数もおびただしい。それらをソ連軍の陣地にまき散らせば、壊滅的打撃をあたえることは可能だった。

しかし、その戦法を駆使するのには、それに応じた兵力が必要だった。

細菌撒布の最も効果的な、しかも広範囲で実施する方法は、曾根二郎の開発した陶器製爆弾による細菌蚤の撒布だった。

防疫給水部では、そうした事態を予測して陶器製爆弾の生産と大量確保につとめ、その目標数にも達していた。

しかし、この爆弾を投下するためには多量の軽・重爆撃機とそれを掩護(えんご)する戦闘機を使用しなければならない。が、関東軍の出動可能な飛行機はわずかに八十八機にすぎず、しかも広い満州全域に分散されている。それらの機は、当然地上部隊と協力してソ連軍の進撃阻止に出動しなければならず、陶器製爆弾を搭載し投下するゆとりなどはないにちがいなかった。

飛行機がなければ、浙贛作戦の場合と同じように地上に細菌撒布をおこなう方法が考えられた。しかし、貧弱な戦力しかもたぬ関東軍は、開戦と同時に優勢なソ連軍に圧倒されて抵抗線をまたたく間に突破され急追撃をゆるすことはあきらかだった。そのような状態では、地上での細菌撒布のゆとりはあるはずもなかった。

曾根二郎は関東軍総司令部首脳者と協議をつづけ、その結果、細菌戦用兵器の使用は全く不可能であるとみとめざるを得なかった。

曾根の顔には悲痛な表情がみなぎっていた。多くの人材と尨大な資材を投入して生み出した高度な細菌戦用兵器が、最後の決戦の時に使用されることもなく終わることに、かれは憤りにも似た悲しみを感じていた。

しかし、かれは、科学者らしい冷静さで現実を直視し、最善の処置について思案した。

ソ連の諜報機関の活動は日本のそれをはるかにしのぎ、平房駅の関東軍防疫給水部本部に多くの囚人が送りこまれ、再び生きてもどらないこともつかんでいるはずだった。そしてさらに、その建物の内部で鼠が飼育籠の中を走りまわり、細菌蚤がそれに寄生し、細菌が培養基の上ではてしない増殖をつづけていることもかぎとっているにちがいなかった。

中国大陸の常徳、寧波の上空からの細菌汚染は欧米各国にも気づかれ、浙贛作戦での大規模な細菌戦も防疫給水部のおこなったものだということも察知されていると予想された。

そうした情報をつかんでいるにちがいないソ連軍の開戦と同時にとる行動は、曾根にもすぐに理解できた。

欧米の強大な軍事力をもつ国々では、細菌戦用兵器の研究もおこなっているが、それは実戦には程遠い初歩的なもので、それらとくらべて曾根二郎の指揮する関東軍防疫給水部の開発した細菌戦用兵器は、きわめて高度な水準に達している。

ソ連軍としても当然曾根の開発した細菌戦用兵器に重大な関心をもっているはずで、やがて進撃してきたソ連軍は、防疫給水部の本部建物とその内部の研究実験記録を押収するにちがいなかった。

曾根は、長い歳月を費してようやく完成することができたものを、ソ連軍の手にわたすのは忍びがたかった。出来れば細菌戦用兵器をはじめそれに必要な器具、資材を一つのこらず内地に移送したかった。

しかし、それは事実上不可能なことであった。防疫給水部の飛行機はわずか三機しかなく、兵器のすべてを輸送することなど及びもつかない。かと言って一部がのこされれば、それを糸口にして細菌戦用兵器の全貌があきらかになるおそれがある。

曾根は、苦慮した。そして、最終的には防疫給水部の建物の内部につめこまれたものをこの地球上から抹殺する以外にないという結論に達した。

関東軍総司令部も、曾根の決断に賛意を表した。

その理由としては、第一に、ソ連軍が細菌戦用兵器を保有することを恐れると同時に国際的にも日本陸軍が細菌戦用兵器を保有し人体実験をおこなっていたことが公けにされることは好ましくなかった。つまり、戦略的な意味からだけではなく、対外的にも他国にもれることはふせぐ必要があったのだ。

曾根二郎も関東軍総司令部も、防疫給水部の建物を徹底的に破壊することに決したが、その時機については一刻も早くおこなうべきだという点で意見が一致した。ソ連軍の進撃は、戦車等の機動力を発揮したきわめて速度の早いものにちがいなく、すぐにでも建物の破壊に着手しなければならなかった。

囚人の処置については、あらためて意見をかわすまでもなかった。かれらには、防疫給水部の建物に投げこまれた瞬間からすでに死が確実に予定されていた。もしも生かしたまま釈放すれば、防疫給水部の恐るべき人体実験の内容は全世界につたえられてしまう。それをふせぐためにも、囚人は一人残らず殺害してしまわなければならなかった。しかも、それは、建物や細菌兵器類と同じように、骨や骨灰までも完全に痕跡すらのこさぬような徹底した方法でこの地上からかき消してしまう必要があった。

また防疫給水部員の身の処し方についても、結論はすぐに出た。

平房駅の防疫給水部本部には、軍医、兵、軍属合せて約三千名の部員とその所属部隊員がいる。ソ連軍は、当然部員をとらえて細菌兵器の内容を訊問するにちがいない。そして、拷問に屈して自白する部員もいるはずだし、その折には給水部員全員が非人道的な研究実験に従事していたかどで処刑されることはあきらかだった。

それを避けるためには、全員が一般の在満邦人や軍人よりも早めに逃亡する以外にはなかった。そしてさらに万全を期して、捕えられた折には死を選ぶように劇薬の配布も決定した。

曾根は、ただちにそれらの計画を実施にうつすため防疫給水部本部と各地におかれた支部に対し、建物とその内部におかれた物のすべてを破壊し、同時に囚人の殺害、部員全員の逃亡を暗号電文で打電、自らは防疫給水部本部にいそいだ。

かれは、草原を車で突っ走り、あわただしく建物の内部に入っていった。すべてを無にするのだ。地球上からかき消してしまうのだ……と、かれは、胸の中でつぶやきながら自室に入り、部下に命じて長い歳月にわたって蓄積された研究実験の記録書類をトランクにつめこませた。

非常持出し用の重要機密書類は整然とととのえられていたので、その作業はたちまち終わった。……書類は、三つの大型トランクに過不足なく納った。

ソ連軍の国境突破を予告した八月九日午前零時は、刻々とせまっていた。

かれは、部内電話で防疫給水部の最高幹部の緊急集合を命じた。

幹部たちが、それぞれ身の廻りのものをつめたトランクを手に集ってきた。副部長である軍医少将をはじめ、曾根が内地から招いた細菌学者、病理学者、外科学者が緊張した表情で曾根をとりかこんだ。

曾根は、「内地へ帰る。同行してくれ」と短く言うと、部屋の入口の方へ歩き出し、その後から幹部の者たちが口をつぐんだままつづいた。

曾根は、廊下を歩きながら胸の中で或る情景をえがいていた。——建物も細菌戦用兵器も実験途中の囚人たちの肉体も、すべてが満州の土と化す。やがてそこには、たくましく生いしげる草原の草の根がその先端を力強くのばし、風で送られる草の実もまき散らされて雑草におおわれるだろう。秋風が立てば草は枯れ、春を迎えれば新しい芽がふき出し、夏季にはその強烈な太陽の下に草原は波立ち壮大な陽炎が立ちのぼるだろう。自分たちの実験研究をつづけた機関は、その自然の中にとけこんで永遠にその痕跡を消すにちがいない。……

おれに残されたのは、三つのトランクだけだ……、曾根は、従兵のさげた茶色いトランクを見つめた。かれの胸に凩（こがらし）の吹きすぎるような感慨が一瞬かすめすぎた。

曾根は、部下たちと暗い廊下をすすみ、裏口から外に出た。

空は、満天の星だった。

かれは、ふと故郷の夜空を思い出した。それは、星の散った澄んだ空だった。

かれは、孤独な少年だった。小学生時代から中学生時代にかけて、かれの冴えた頭脳は教師を驚嘆させ、あらゆる課目でかれの理解できぬ物はなかった。学業の上で、かれは常に完全な頭脳の働きをしめしたのだ。

しかし、家庭的には暗い影がかれの背につきまとってはなれなかった。

父と母は、不仲だった。理知のあまりにもまさった冷ややかな母に、父は満足できなかった。

やがて、離婚。母は、子である曾根にも未練はなかったらしく単独で家を去り、父は、それを待っていたように新しい妻を迎えた。

少年は、それでも冷淡な母を慕い、新しく若い妻を得た父をにくんだ。

かれは、夜になると空に眼をむけることがしばしばだった。夜空を見つめていると、黒々とした空間から星が無数に湧き出てくる。幾何学模様をえがいて夜空一面にはりついたように光る多くの星座、そして星雲。

天文学者を夢みたのも、そうした孤独な夜を持ったためであった。

新しい母は子を生み、かれは家の中で自分が不要な存在であることを知った。そして、かれは乞われるままに家を去り、子のない親類の家に養子となってもらわれていった。

やがてかれは、京都帝国大学医学部に入り、陸軍軍医の道をえらんだ。一般の医師としてのコースをえらばず軍医となったのは、養家にそれ以上金銭的負担をかけたくなかったからであった。

それから現在まで、かれは熱っぽい多忙な日々を送ってきた。陸軍軍医としてその才能と知識は高く評価され、いつの間にか軍医としての最高位でもある中将にまで昇進した。かれは、輝かしい栄誉とそれに相応した自由な研究実験もつづけてきた。なんの不服もない満ち足りた日々であった。

しかし、かれは、草原を歩く自分に少年時代あじわった孤独を感じた。星を見つめることも久しくないことであった。

かれは、草原の中の道を歩きながら自分の生きてきた道程が、現在この瞬間に大きく屈折するのを感じていた。

前方に飛行場がみえ、滑走路に二機の軽爆と輸送機がならんでいた。

曾根は、部下とともに滑走路に近づいた。

機体の整備も燃料の搭載も終わっていた。

曾根たちは二手にわかれ、かれは従兵のもつ三個のトランクとともに軽爆に乗りこんだ。

エンジンが始動し、機はゆっくりと動き出した。そして、出発線で停止するとエンジンを全開させ、勢よく走り出すと滑走路をはなれ、機首をもたげた。

曾根は、小さな窓から外をうかがった。

太くそして長い煙突をもつ壮大な防疫給水部本部の建物。それは欧風の巨大な古城のように、星明りに青白く浮び出ている。灯火管制のため灯は淡いが、つらなる窓に灯の列がにじみ出ている。

　建物の群が急速に眼下に沈んで、それをかこむ長い石塀とさらにその周辺をふちどる土塀が夜の南海の環礁のようにみえてきた。そしてそれも小さくなると、果しなくひろがる草原の中の一点として没していった。

　二つの機影は、南方の星空の中にとけこんでいった。


　曾根の出発直前、防疫給水部員は、全員緊急召集命令をうけてたたき起された。宿舎から人影があわただしくとび出し、建物の内部に吸いこまれてゆく。部員の顔には、不審そうな表情が一様に濃くにじみ出ていた。

　本部処理を命じられて残った軍医大佐が、主だった者を一室に集めた。

「重大発表をおこなう。ソ連が日ソ中立条約をふみにじって一方的に宣戦布告をしてきた。約三十分後の八月九日午前零時を期して、ソ連は日本と戦闘状態に突入すると通告してきた。わが防疫給水部は、敵に対し決戦をいどむ予定であったが、諸般の事情を勘案して機密秘匿を第一義と考え、すべてを徹底的に破壊したのちすみやかに撤収することに決した。ソ連軍は、あらゆる手段を使い当本部の入手をはかることが予想される。敵手におちることを避けるためただちに破壊作業を開始する。重ねて言うが細菌戦用兵器の一つも絶対にのこしてはならぬ。すべてをこの地上からかき消すのだ」

大佐は、語気をつよめて、叫ぶように言った。

集った者たちの顔からは、血の気が失せた。そして、作業内容の指示をうけると、あわただしく部屋を走り出ていった。

各指揮者から部員にその旨がつたえられ、部内は騒然となった。そして、各部門は、それぞれの指示にしたがって必死の作業を開始した。

その頃、ソ満国境では、ソ連軍陣地の砲門が一斉にひらかれ砲弾が日本軍陣地にそそがれはじめていた。そして同時に丘陵の彼方からは大型戦車の黒々とした影が湧き、その後方に無数のソ連兵が散開しながらつづく。それに対して日本軍陣地の応戦も開始され、長い間無気味な沈黙をまもっていたソ満国境は、日・ソ両軍の激闘場と化していた。

防疫給水部の最初におこなった作業は、陶器製爆弾の処分であった。その爆弾は、防疫給水部の手で完成した最も重要な新鋭兵器であり、それがソ連軍に押収されることは絶対に避けなければならなかった。

部員は、巨大な倉庫に殺到し重い鉄製の扉をひきあけた。そして、庫内につみ上げられた薄茶色の弾体をかつぐと、外に出て狂ったようにたたきつけた。それは、ペスト蚤を殺さずに破裂する仕組みになっていただけにもろく、次々と白っぽい破片になって散った。

破片の一つも残さず……という命令にもとづいて、ハンマーを手にした作業員がさらにその破片を粉状にくだいてゆく。たちまちあたりは、白い砂浜のように粉砕された陶器の破片がひろがった。

しかし、爆弾の数はおびただしく倉庫に積まれた弾体はいっこうに減らない。部員の体は汗にまみれ、ほとんどが半裸になって弾体の搬出をつづけた。

空がかげって、星が消えた。そして、あたりが明るみはじめた頃から、赤みをおびた空から雨が落ち出した。

部員は、雨と汗に濡れた体で弾体をたたき割りつづけた。

陶器製爆弾の処理が終ったのは、朝の七時すぎであった。

作業員は、はげしい疲労に肩をあえがせ、配布された握り飯をむさぼり食ったが、休憩するひまもなく次の作業に従事した。

堅牢な壁につつまれた獄舎の中には舎外のあわただしい作業の物音も遮断されて

いて、いつもと同じような静かな朝をむかえていた。

監視の任にあたっていた部員は、いつものように栄養価の高い朝食を各房にくばって歩いた。

囚人たちは、房の中で食事をとったが、たちまち相ついで床の上に倒れた。食物の中には青酸カリが混入されていたのだ。

倒れる物音とすさまじい呻き声は、食事を口にしかけていた他の房の囚人たちを驚かせた。かれらは、囚人特有の敏感さで死の危険をさとり、食物から手をひき口に入れた食物をはき出したりした。

監視していた部員たちは、各房の小さな窓をひらいて、囚人が死亡しているかどうかをあわただしく確認してまわった。そして、房の中に生きている者がいるのを眼にすると、銃口を窓から突き入れ、射殺した。

それが終わると、部員たちの死体処理作業がはじめられた。

部員の大半は、獄舎に初めて入る者ばかりであった。丸太と呼ばれる実験材料が中庭に建てられた建物につめこまれていたことは知っていたが、廊下にそってつらなる獄房と異様な臭気に顔色を変えた。

房の中には、悶死した囚人と銃殺された血に染った囚人が横たわっている。そしてすでに作業員が、それらの足をつかんで房からひき出していた。

部員たちは、呆然として手をこまぬいていたが、進撃を開始したソ連軍に対する恐怖からあわただしく死体の引き出しにかかった。すでに一時間ほど前、ソ連の爆撃機がハルピン東方の香坊と阿城駅を爆撃したという情報も入っていた。ソ満国境の詳細な動きはつたえられてはいなかったが、ソ連軍の誇る大型戦車群が重々しいキャタピラの音をとどろかせて、国境線をつぎつぎと突破しているであろうことは容易に想像できた。

部員たちは、今にも戦車の群が現われるような予感におびえ、顔をしかめながらも死体を建物の外に運び出していた。

獄舎をかこむ中庭には、いつの間にか数個の大きな穴がうがたれていた。中庭は、囚人たちの唯一の慰めである運動場であったが、同時にかれらの墓所ともなったのだ。

雨がさらに激しさを増し、穴の中には水もたまりはじめていた。

部員たちは、必死になって死体を運びつづけたが、栄養価の高い食物をあたえられて肥満している囚人の体は重く、階段をひきずりおろすのは困難だった。そのため、部員の中には、二階の窓から死体を中庭に落す者もあった。

死体は穴になげこまれると、その上に石油がかけられ火が点じられた。たちまちあたりには、死体を焼く悪臭が充満した。

かれらには、死体を処理した後に壮大な防疫給水部の建物を破壊する作業が待っていた。それを終了しなければ逃亡することは許されない。部員たちは、苛立った表情で死体を穴の中に落し、ガソリンをふりまいていた。

その焦りが、大きな過失を生んだ。死体が充分に焼き終えぬうちに、次の死体をなげこむので穴は生焼けの死体で盛り上ってしまったのだ。しかし、新たに大きな、そして深い穴を掘る時間的余裕はなかった。

指揮者は激怒したが、責任を追及するゆとりもなかった。かれは、やむなく部下に死体の焼き直しを命じた。

穴の中からは、ガソリンの炎が立ち昇っていたので、手渡しされたバケツの水が注がれた。そして、漸く炎がおさまると、穴の中から半焼けの死体がひきずり出された。部員たちは、スコップやツルハシで死体の肉を骨からはずす。火熱をうけているため、肉は思ったよりも容易に骨からはなれた。

作業をつづけている部員たちには、時間の感覚が失われていた。朝からはじまった作業は午後になっても終わらず、やがてあたりが薄暗くなってきた。雨はやみ、空には淡い星も浮び出ていた。

死体の運び出しを終わった部員たちは、肉や内臓を穴の中になげこみ、再びガソリンをかけた。暗くなった中庭が、ガソリンの炎で明るくなった。その明るみの中に、中庭いっぱいに散乱した骨が白々と映し出された。

骨は、粉砕機で粉状にされた。そして、大八車で中庭の外へ運ばれ、待機しているトラックに移された。

トラックは、構内を出ると草原の中へ突っ走った。そして、骨粉はヘッドライトの光芒(こうぼう)に映し出される雑草の中に、作業員のスコップでまき散らされていった。

死体の処理が完全に終わったのは、深夜であった。穴に投げこまれた肉塊や内臓は焼きつくされ、土でおおわれた。

部員たちは、三十分間の休憩時間をあたえられ食事の支給もうけた。しかし、死体に対するいまわしい記憶がよみがえって食物に手をのばす者はなく、かれらは口もきかず倒れるように寝ころがっていた。

「さあ、起きろ。仕事だ。ソ連軍がやってくる」

指揮者が、眼を血走らせてどなった。かれらの体力は完全に失われていたが、ソ連軍という言葉に身を起した。そして、指揮者の後について建物の外に出ていった。

かれらにあたえられた仕事は獄舎の爆砕であった。それは、人体実験の事実を察知されぬための処置で、獄舎は完全に爆砕する必要があった。

部員たちは、指揮者の指示にしたがってダイナマイトを装塡（そうてん）する孔をつくるため建物にハンマーを叩きつけ、電気ドリルの先端を食いこませた。が、建物の壁は特殊なコンクリートでかためられているので、充分な孔をうがつことはできない。ダイナマイトが各所で仕掛けられたが、発火してもその一部分がとび散るだけにすぎなかった。

夜を徹して作業はつづけられたが、結局なんの効果もなく朝を迎えてしまった。

指揮者は、関東軍総司令部に対し大量の爆弾を要請した。総司令部では、その要求をいれて五十キロ爆弾多数を送りとどけてきてくれた。

部員たちは、各獄房に一個ずつ爆弾を据えつけ、建物の外に退避した。

爆弾に装着された電線に、電流が走った。その瞬間、すさまじい轟音とともに閃光がひらめいて獄舎は崩れ去り、破片が朝の陽光にみちた空に舞い上った。

八月十日朝のことで、その前日には長崎市に第二発目の原子爆弾が投下されていた。

八

正方形に建てられた壮大な防疫給水部の建物の中庭にある獄舎は、四囲の建物に陽光をさえぎられた陰湿な谷間であった。

苔のひろがる中庭は、残忍な人体実験に供されていた囚人たちに許されたただ一つの散歩する場所であった。そして、獄舎の中の獄房は、死を確実に予定されていた囚人たちのうごめく世界であった。

かれらは、次々に実験場や実験室にひき出され、細菌戦用兵器の研究のために生命を断たれていった。そして、それらの死体は、構内の焼却室で焼かれ、骨と灰は地上にばらまかれた。かれらには、墓地も墓標もあたえられず、この地上に残されたものはなにもなかったのだ。

その獄舎も、収容されていた三百名の囚人とともに完全に爆砕された。囚人たちの散策していた中庭には苔のひろがりも消えて、ただ建物の残骸が散乱しているだけだった。

獄舎の爆破を終えた給水部員たちには、次の仕事が待っていた。それは、獄舎をとりまく本館建物の破壊であった。

この方法について種々協議した結果、まず建物に火をはなち、その後爆弾で粉砕することに決定した。

しかし、放火前に建物内の設備その他の器具類を処分する必要があった。細菌戦用兵器の研究実験と人体実験をおこなってきた防疫給水部の設備や器具は特殊なもので、それらを残しておけば、ソ連側に研究の内容をさとられてしまうおそれがあったのだ。

指揮者は、部員全員に対し、早急に建物の内蔵品の破壊と焼却を命じた。

かれらは、足をはやめて本館内に散った。一部の者は、溶接機を利用して鉄製の器具・資材の溶解作業をはじめた。たちまち館内では、いたる所で青白い炎が放たれ、赤熱した鉄が切断され溶けてゆく。

細菌培養基もあとかたもなく分解され、それをさらにハンマーでたたきつぶしてゆく。また実験に供された囚人を観察するためにもうけられていた檻の鉄格子も、青白い炎を浴びて寸断され、それも解体されて草原にはこび出されていった。

また他の者たちは、細菌を培養していた試験管やビーカーの焼却に専念していた。それらには細菌の種類をあらわす符号が付せられ、もしもそれが残されたままになれば、細菌戦用兵器研究のおこなわれていたことがあきらかになってしまう。そのため焼けた試験管も丹念にたたきつぶされていった。

草原でも火が起っていた。曾根二郎の考案した曾根式無菌濾水自動車五十台が、一列にならべられて火が放たれたのだ。その自動車は、細菌戦用兵器とは関係のない給水車であったが、ソ連側の手に没収されることを防ぐため焼却命令が出されていたのである。

太陽は、熱い光をふりまき、草原には陽炎が立っていた。

自動車の列からは、セロファンのような透明な炎が立ち昇り、陽炎ときそうように空気をゆらめかせていた。

部員たちのあわただしい作業によって、漸く建物内部の処分が終わったのは八月十日午後三時頃であった。

二日間にわたる作業で、部員の疲労はその限界を越えていた。

立っていることもできずに腰をおろしてあえいでいる者が多く、指揮者はやむなく全員に休息を命じた。

かれらは、熱い日射しを避けて、構内の建物に入ると倒れるように身を横たえた。日が西に傾き、やがて夜の色があたりにひろがった。

と、午後八時頃、突然部員たちは空襲を告げるサイレンの音に眠りをやぶられた。

かれらは、顔色を変えて飛び起きると建物の外に走り出た。

東の空が明るくなっている。それは、ハルピン方向で、夜空には数個のまばゆい照明弾が海月（くらげ）のように浮んでいるのがみえた。

ソ連軍は、国境線を突破して満州領内に進撃を開始している。ソ連機の動きは意外にも不活潑であったが、遂にハルピンにその機影をあらわしたのだ。

部員たちは、おびえたように遠い照明弾の輝きを見つめて立ちすくんだ。

防疫給水部は、非人道的な細菌戦用兵器の研究実験につとめてきた。その機関に属した部員たちが、もしも進攻してきたソ連軍に捕えられれば、きびしい訊問を受けて極刑に処せられることはまちがいない。

かれらの胸に、あらたな恐怖が湧いた。関東軍は弱体化し、ドイツの降伏によってヨーロッパ戦線から大兵力を転送してきたソ連軍は、優勢な戦車群を先頭に進撃をつづけている。ハルピン上空に照明弾が投下されたのは、ソ連軍の接近をしめすものではないかと推定された。

やがて照明弾は消えたが、誰の口からともなくソ連軍の落下傘部隊が、ハルピン郊外に降下したという情報がつたわってきた。照明弾の明りの中で、雪片の舞うようにパラシュートが群をなしておりてゆくのが望見されたというのだ。

かれらは、動揺した。

ソ連軍の落下傘部隊は、ハルピンを占領する目的で降下したのだろうか。しかし、ソ連軍が戦略的意義のうすいハルピンを、危険の多い落下傘降下をおこなってまで占領する必要があるとは思えない。

部員たちの頭にひらめくものがあった。ソ連側は、諜報機関を駆使して防疫給水部の内容を薄々はさぐりとっているはずだった。ソ連は、当然防疫給水部の全容を知りたいとねがい、日本側が給水部建物とその諸設備の破壊をおこなう前にそれを手中におさめようと企てているにちがいなかった。おそらく落下傘部隊の降下目的は、防疫給水部の全施設の確保であると想像された。

部員たちの顔は、青ざめていた。落下傘部隊は降下に成功し、すでに草原の中を防疫給水部の建物にむかって急進撃しているのではあるまいか。

部員たちは、建物破壊の作業を放棄して逃げ出したかった。武器も乏しく実戦経験の全くないかれらには、ソ連軍の攻撃を阻止する力はない。銃砲弾にさらされて呆気なく戦死するか、捕えられて処刑されるか、いずれにしてもかれらには死があるだけであった。

しかし、かれらには逃亡する勇気もなかった。命令は至上のものであり、たとえ死にさらされても破壊作業は成しとげられねばならない。この施設からのがれ出られるのは、任務を確実に果した時だけなのだ。

かれらは、一斉に各持場に走りもどった。夜間、建物に火を放つことはソ連軍に防疫給水部の所在をあきらかにさせることになるが、一刻も早く脱出したいと願う部員たちは、そんなことを考えるゆとりもなかった。

かれらは、倉庫からガソリンを入れたドラムカンをはこび出し、建物の内部にころがしていった。そして、ポンプを使ってガソリンを部屋や廊下にふりかけた。ガソリンの撒布が終了すると、部員たちはあわただしく建物の外に走り出た。

「点火」

という指揮者の声で、部員がガソリンに火をつけた。

すさまじい点火音が各所でおこり、炎は風のように建物の内部を走った。

たちまち本館の一階に炎がひろがり、それは階段をつたわって生き物のように二階、三階へと駈け上り、やがて建物全体に炎がさかまいた。

部員たちは、激しい火熱にあおられて後ずさりした。

それは、きらびやかな光景だった。四階建の建物の窓の内部には炎のはなつ華やかな光が充満し、窓ガラスが割れると炎は外にふき出した。

薬品の燃える色なのか、朱色の炎にまじって緑、紫、黄などに彩られた炎がたがいに乱れ合っている。大量のガラス器具の割れるらしい音にまじって、なにか爆発する音もつづいて起っている。炎につつまれた建物は、複雑な音の噴き出る巨大な容器でもあった。

部員たちは、建物の内部でおびただしい小さな生命が断たれている光景を想像していた。

飼育室には、何万匹とも知れぬ鼠が金網の中に飼われている。それらは、栄養価の高い餌とめぐまれた環境の中で充分に肥え、明るい眼を輝かせている。

炎の中で、鼠たちは狂ったように走りまわっているにちがいなかった。飼育室は、鼠たちの啼き声で充満し、それらの体毛にも火がうつっているだろう。飼育籠の中では、鼠が炎をなびかせて走り、無数の炎が、花火のように入りみだれている。そして、やがてそれらは折り重なるように倒れ、黒いひからびた物体と化すのだ。

建物の内部には、蚤もいる。それらは何億匹とも知れぬおびただしい数で、鼠の体毛の中にひそんだり繁殖器の中でぬくぬくと棲息している。炎にあおられた蚤は、一斉に炭酸水のようにはねてもがくが、たちまち焼かれて消散してしまったのだろう。

鼠と蚤の焼かれる臭いが、煙の中にもただよい出ているようだった。黒煙が地を這い、夜空に立ちのぼった。

雨もよいの空は、赤々と染まっていた。焼けたものが黒い鳥の群のように舞い上り、火の粉が瀑布をさかしまにしたように果しなく上昇している。

長い歳月をかけて蓄積された細菌戦用兵器の施設と資材は、あとかたもなく焼きつくされようとしているのだ。

部員の作業は、それで終了した。残された建物の破壊は、工兵隊の手で爆破されることになった。

赤々と炎に照らし出された部員たちの顔には、焦りの色が濃かった。照明弾が投下されてからすでに二時間は経過している。ソ連軍の落下傘降下部隊は、かなり近くまで進撃してきているかも知れなかった。

そのうち、どこからともなくソ連軍の落下傘部隊は、日本軍戦車隊の包囲を受けて全滅したという情報がつたえられてきた。

部員たちは、たがいに顔を見合わせると歓声をあげた。関東軍の部隊にはかなりの戦力が残されているらしい。それは、部員たちがソ連軍の攻撃もうけず無事に脱出できる期待にもつながった。

しかし、ソ連軍の落下傘降下という事実があったかどうか、不審に思う者も多かった。照明弾の明るみの中にパラシュートの群が降下していったという光景を肉眼では見ることができなかったし、双眼望遠鏡で監視していた者からの報告かとも思われたが、それを確認する方法もなかった。また落下傘部隊の全滅という情報も、公式なものかどうかもたしかめるすべはなかった。

正常な配置は、破壊作業がはじまると同時にくずれていた。命令系統は一応たもたれていたが、命令は作業内容のみで、最も重要な関心事である戦況の説明はない。落下傘部隊の降下とその全滅も指揮者の口から出たものでないことはあきらかで、単なる噂であるのかも知れなかった。

本部建物の放火についで、病棟をのこした構内の大講堂、官舎、宿舎、酒保、食堂等にも火が放たれた。

それらが終了した後、

「集合」

の命令が発せられた。

構内の空地に、二千名の部員が集った。

「夜明けとともに出発する。荷物は手廻りのものだけにかぎる」

指揮者が、大きな声で叫んだ。

すでに時計は、八月十一日午前零時をまわっていた。

かれらの顔には、漸く脱出できる安堵の色がひろがった。そして、空地に腰をおろして燃えさかる建物の炎をながめていた。


夜が、白々とあけてきた。

構内にただ一つのこされた病棟には、傷病者の群がベッドに横たわっていた。かれらは、主として研究実験中に細菌の感染をうけて病身となった者や、薬品の爆発で火傷を負ったり傷ついたりした者たちであった。

指揮者は、病棟にはいると全員に小さな瓶を配布した。その中には、青酸カリ液が入っていた。

指揮者は、一言の説明もせず病棟を出ていったが、傷病者たちにはその小瓶がどのような意味をもつものかすぐに理解できた。

部員の撤収は、多くの危険にみちている。当然傷病者は足手まといになり、同行させるわけにはいかない。残されたかれらはやがて進撃してきたソ連軍にとらえられるだろう。青酸カリは捕虜となる以前に自決するために与えられたものなのだ。

かれらの顔には予期していたような諦めの色が濃くにじみ出ていた。そして小さな瓶をにぎって無言で天井を見つめていた。

その頃、

「集合」

という命令が発せられて、空地にいた部員たちは整列した。

病棟をのぞいた構内の建物はすべて焼け落ち、焼けこげた鉄筋コンクリートの本館建物からも煙が立ちのぼっているだけになっていた。

部員の一部は、つづいておこなわれる工兵隊の残存建物の破壊作業に立ち合うため残ることになり、集合したのは一千五百名の者たちであった。

指揮者は、かれらにも、一人ずつに青酸カリ液の入った小瓶を渡した。

「これから撤収を開始するが、その途中いつ敵の攻撃をうけるか予断を許さない状況にある。もし不幸にもソ連軍にとらえられるような場合には、この劇薬をのんで自決せよ。当部隊のおこなってきた研究実験は最高機密にぞくするもので、絶対に守らねばならぬ。もとよりわれわれは、日本帝国軍人としての覚悟のもとに御奉公してきた。死して虜囚のはずかしめを受くるなかれ、という精神からも、捕えられた場合にはいさぎよく自決せよ」

と、甲高い声で訓示した。

ただちに部員は小グループに再編成され、列をつくって空地をはなれた。構内の死体焼却室の近くには、平房駅に通じる引込線が入っていて、そこにはいつの間にか長々と連結された貨車が待機していた。

空には雨気をはらんだ厚い雲がひろがり、ひどく蒸し暑かった。

部員たちは、列車の傍で足をとめ、乗りこむ貨車の指示を受けた後、線路ぎわに山積されていた食料品の貨車への積みこみをはじめた。

貨車は、満州を南下して朝鮮にむかう。が、ソ連軍は、朝鮮北部へも進攻を開始し、満州と朝鮮との分断をはかる可能性も大きい。それにソ連空軍は、鉄道路線の破壊を目ざして爆撃をつづけるだろうし、無事に朝鮮へ脱出できるかどうかは甚だ疑わしかった。

そうした部員たちの不安は、すでに現実のものとなってあらわれていた。朝鮮の北東部はソ連領土と国境線を接しているが、二日前の八月九日早朝、ソ連軍は国境の豆満江の鉄橋を突破して北朝鮮に進入してきていた。また前日の八月十日には、上陸用舟艇をつらねて北朝鮮の雄基と羅津の上陸に成功している。つまり満州と朝鮮をむすぶ地域を手中におさめて満州の孤立化をはかっていたのだ。

その上、ソ満国境を突破したソ連軍は、機動力を利して急速に満州へと進撃をつづけている。防疫給水部員を収容した列車が、無事に朝鮮へたどりつく期待は、きわめて薄い状況になっていたのだ。

ようやく食料の積みこみを終えた部員たちは、長々とつらなる貨車の中にもぐりこんだ。

しかし、貨車の列は、すぐには出発しなかった。関東軍総司令部内では戦況判断と作戦命令を発することで繁忙をきわめ、防疫給水部員の出発許可をくだすゆとりに欠けていたのだ。

部員たちの焦燥感はつのった。朝鮮に達することができるかどうかは、早目に出発できるか否かにすべてがかかっている。かれらは、薄暗い貨車の中で不安そうな眼を光らせていた。

午後三時——

貨車の先方から連結器の鳴る音が、波動のように近づいて貨車がゆっくりと動き出した。

部員たちの顔は、明るくかがやいた。そして、重い扉を押しあけると細いすき間から外をのぞいた。

構内には、長い年月の間研究実験にすごしてきた防疫給水部の建物の残骸がひろがっている。宿舎も官舎も焼けくずれ、ただ黒く焼けこげた本館建物と死体焼却炉の巨大な煙突が、小雨の降る空に突き立っているだけだった。

防疫給水部の塀をぬけ出ると、一面につづく草原に出た。給水部の建物と煙突が、徐々に後退してゆく。

部員たちの顔には、複雑な表情がうかんでいた。

天才的な細菌学者である曾根二郎軍医中将の創設した防疫給水部本部。その内部では、おびただしい鼠と蚤がうごめき、病原菌が果しなく繁殖をつづけていた。そして、それらの細菌を兵器として活用するため三千人にもおよぶ囚人が実験に供せられ、しかもその構内から生きて出ることができた者は一人もいなかった。

それらの残忍な人体実験をへて、曾根二郎とその部下は、斬新な細菌戦用兵器をつくり出し、それらは日本の有力な戦力となることが期待された。

しかし、ソ連の対日宣戦布告と同時に防疫給水部はその施設をすべて完全に抹消することに決定し、建物は破壊焼却され、その内部にあったものは生き残っていた囚人をもふくめてすべて無と化した。わずかに残されたのは病棟に身を横たえる傷病者たちだけで、かれらもやがては服毒自殺をとげるにちがいなかった。

貨車から首を出して給水部の残骸を見守る部員たちは、一つの壮大な機関が完全に崩れ去る姿をそこにみた。それは、この地上に再び出現することはないだろうし、時間の経過とともに土と同化し消え去ってしまうにちがいなかった。

やがて建物の姿も消え、煙突も小さくなって草原の起伏のかげに没した。草原は、小雨に白く煙っていた。風も出ていて、一面にひろがる草が波立つ海のようにゆれていた。

貨車は、車輪を鳴らして走りつづけた。

いつの間にか部員たちの胸には、防疫給水部の崩壊に対する感慨があとかたもなく消えていた。

かれらは、自分たちが白日のもとで歩くことのできない人間であることをさとっていた。人体実験のために多くの囚人を殺戮(さつりく)し、中国大陸では、寧波と常徳附近で細菌を上空から撒布し、非戦闘員をも死におとしいれた。さらに浙贛作戦では、日本軍の撤収時に細菌ビスケット、細菌饅頭を地上にばらまき、井戸、貯水池、川等にも細菌類を投げこんでその地一帯を細菌汚染地区とし、多くの患者と死者を出している。

防疫給水部員は、細菌を利用しておびただしい人々の生命を無残にも奪い去った。それは、戦争を勝利にみちびくためという名のもとにおこなわれたものだったが、給水部の解体と同時に、かれらは自分たちが非道な大量虐殺に力をつくしたことにあらためて戦慄したのだ。

かれらは、人目をしのぶ逃亡者の群であった。ソ連人や満人をはじめ日本人にすら素性をかくさねばならぬ陰影のもとに身をひそませた集団であった。

そうした性格をもつ部員たちであっただけに最も早い撤退部隊となったのだが、かれらの顔には沈痛なおびえの色が濃くにじみ出ていた。

貨車の列は順調に進んで、夜半にはハルピンについた。

さすがにハルピン駅の周辺には、騒然とした空気がひろがっていた。灯火管制下のハルピン駅の近くには、荷物を手にした避難民のひしめく姿が淡く浮き出ている。列車の発着もしきりで、人間を満載した貨車があわただしくフォームに入ってきたりしていた。……時計の針は、八月十二日午前一時をさしていた。

貨物列車は、さらに数輛の貨車を連結したらしく大きくゆれ、ゆるやかにハルピン駅をはなれると南下を開始した。

雨が、はげしくなった。

列車は、夜を徹して走りつづけた。

夜が明けた。

部員たちは、貨車の扉を細目にひらいた。涼しい空気が貨車の中に流れこんできた。

かれらは、雨に濡れる草原をながめた。その光景には、ソ連軍の進入という緊迫した空気を忘れさせるような穏かさが感じられた。

国境線では、日本軍守備隊が頑強に抵抗をこころみてソ連軍の進撃を許さないのではないだろうか。ハルピン郊外に照明弾の投下されるのを目撃しただけで、その後ソ連機の機影もみない。貨物列車が順調に進んでいることから考えると、鉄道が爆撃され寸断されてはいないらしい。

部員たちの顔には、一様に安堵の色がうかぶようになっていた。

列車が、双城駅にすべりこんだ。そして、そこで石炭を補給している間、駅の警戒にあたる憲兵から戦況がつたえられた。その憲兵の口からもれた話は、部員たちに大きな衝撃をあたえた。

国境を突破したソ連軍の進度は意外にはやく、南満州鉄道をつつみこむようにして接近してきている。朝鮮の北東部にもソ連軍の侵入がみられ、完全包囲の態勢が着々ととのえられている。さらに各地でソ連機の動きも活潑化しているので、鉄道を爆撃されるおそれも充分にあるという。

殊に鉄橋を破壊して、鉄道路線を分断する公算はきわめて大きく、まだ報告はきていないが、双城駅から新京駅の間にかかる第二松花江の鉄橋も爆撃をうける危険が充分にあるという。

貨車の中には、重苦しい空気がひろがった。列車はハルピンを通過して百キロほど南下したばかりである。新京、奉天をへて朝鮮北部に入るまでには、まだ千キロ近くの道程がある。

しかも貨物列車の動きは、遅々としている。列車がソ連軍の攻撃と爆撃をかわして目的地に達することはほとんど不可能なことにすら思えてきた。

燃料の補給を終えた列車は、ゆるやかに動きはじめた。焦燥感にかられた部員たちには列車の悠長な動きがもどかしかった。

しかし、その頃から部員たちの期待に反して、列車はしばしば停止するようになった。避難民をのせた列車が前方につかえていて、その上満人の機関士が故郷をはなれて南下することをきらい、故意に列車をとめているからだという。

列車は、何度か停止することをくり返した後、漸く第二松花江の鉄橋にかかった。部員たちは、安堵したように扉のすき間から下方を流れる河の水面を見下していた。鉄橋を渡り終えると、列車は再び停止し、長い間動かなくなってしまった。日が没し、夜が明けた。部員たちは、なすこともなく苛立った眼を光らせて列車からおりると炊事をしたりしていた。

そんなことをくり返しながら新京の近くに列車がたどりついたのは、八月十四日の正午近くであった。

しかし、そこには不吉な光景が望見された。新京市街方向に黒煙がしきりにあがっている。それは、すでにソ連軍が新京に進入した証拠のように思われた。

列車はその地点で停止し、情況調査のため部員が新京方面に放たれた。そしてその夜は、歩哨を立てて警戒にあたり、ソ連軍の来襲も予想して武器の点検をおこない、身分証明等を一切焼却した。

しかし、調査に行った部員は帰らず、このままいつまでも停車しているわけにもいかなかった。そのため指揮者たちは集って協議した末、列車を強引に前進させることに決した。

翌八月十五日夕刻、列車は新京駅に入っていった。が、新京はソ連軍が占領していたわけではなく、満人の暴動で市街に火災が生じていることが判明した。そして同時に、その日の正午、天皇の終戦を告げるラジオ放送があったということも知った。

新京駅には避難民があふれ、すべりこんできた防疫給水部員たちの乗る貨物列車にも殺到してきた。

貨車には人々を収容する余地が充分に残されていたが、部員たちは部隊の性格を知られることを恐れて扉をかたくとざし、かれらの乗車をこばんだ。避難民の懇願する声と怒声が、列車をつつんだ。しかし、たちまちかれらは、憲兵たちによって散らされた。憲兵たちは上司から防疫給水部員たちの乗っている列車を、あらゆる手段をつくして朝鮮北部へ送りこむよう努力せよという命令を受けていたのだ。

列車は、再び動きだした。

扉を細目にあけてみると、線路づたいに歩く避難民の群が眼に入ってくる。荷物を背負い、子の手をひいてゆく女。病人をたんかで運んでゆく男たちもいる。かれ

らの足どりは一様に重く、列車に向けるかれらの眼にもうつろな光しかやどってい
なかった。
満人の列車機関士は、逃亡をふせぐため抜刀した憲兵によって監視されていた。
そして、列車は南下していったが、前をゆく列車にさまたげられて相変らず停車を
くり返していた。
奉天駅についたのは、八月十七日の夜明けであった。
思いがけず駅は森閑としていて、人影も少い。それはソ連軍の接近によって邦人
たちが早々と避難したからにちがいないと想像された。
列車は、あわただしく発車した。
その後、列車は比較的順調に進んで、八月十九日早朝、遂に満州脱出に成功した。
満州と朝鮮の境界を流れる鴨緑江の河面には、朝霧がながれていた。列車は、長
い鉄橋を轟々と車輪を鳴らしながら渡ってゆく。
貨車の扉がひらかれた。そこには、歓びの色にあふれた部員たちの顔がつらなっ
ていた。
貨車の中には、一部の細菌類や器具などがひそかに積みこまれていたが、戦争は
すでに終ったし、それらを携行していることは細菌戦部隊員であることをさとられ

る危険があるので、長い鉄橋を渡る間に河面へ投げ捨てた。これらの細菌は、その後流域の各所に伝染病患者を発生させ、防疫給水部員が鴨緑江をわたった際に河を汚染した結果にちがいないと噂された。

列車は赤茶けた地域を走って、やがて平壌駅に到着した。

そこには防疫給水部に残って破壊作業に従事していた部員たちが輸送機で先に到着していて、部員のほとんどが満州から脱出できたことがあきらかになった。

防疫給水部員たちは、平壌で再編成されたのち再び貨物列車にのって朝鮮半島を南下した。そして、八月二十一日午前十時すぎには最終目的地である朝鮮南部の釜山についた。

部員たちは、前面に海の輝きをみた。その彼方には日本の内地がある。かれらは、胸をはずませた。

しかし、釜山は、在留邦人の避難民の町と化していた。遠く満州南部や朝鮮北部からのがれてきた人々が釜山の町にあふれ、しきりに内地へ帰ることをねがっていた。が、引揚げ船は少く、海を渡ることができるのは一部の者だけで、むしろ流れこんでくる避難民の群で町は日増しにふくれ上っている状態だった。

防疫給水部員たちは失望したが、かれらには得体の知れぬ旧軍の力が依然として働いていた。釜山に到着した翌々日には、早くも内地へ送られることになったのである。

八月二十三日午後、かれらはあかつき部隊の上陸用舟艇に分乗し、釜山港をはなれた。

舟艇は、波を押しわけて進んだ。

日が没し、夜空には星が散った。

夜が白々と明けた頃、水平線上に山なみが浮びあがった。舟艇は、緑につつまれた島の間を縫うように進んだ。そして、その舳(へさき)をのし上げたのは山口県萩市の小畑海岸だった。

かれらは、市内の寺や神社等に分宿して一夜をすごした。

かれらには、正式な解散式も武装解除もなかったが、厳重な戒律が課せられた。

指揮者は、部員をあつめるとひそかに訓示した。

「われわれは、極秘部隊員だった。戦争は終わったが、今後われわれは、一層身分の秘密を守る必要がある。一人が部隊の性格や隊員の氏名をもらせば、芋づる式に全員が戦争犯罪人として極刑に処せられることは明瞭である。たとえ肉親にも、われわれのおこなった研究実験の内容を口外してはならぬ。それが同僚を守る道であり自らの身を守ることにもなる。死ぬまで決してしゃべらぬことを誓おう」

部員たちは、無言でうなずいた。

戦犯としてとらえられることは恐しかった。日本に進駐してきているアメリカ軍は、戦争をひき起した源動力が日本の軍部であるときびしく非難し、非人道的な行為をおかした軍人・軍属の摘発につとめている。三千人の囚人を人体実験にさらして殺害し、細菌撒布によって多くの中国人を死におとし入れた防疫給水部員は、当然重犯罪人として処刑される。そういう意味からも、日本は、部員たちにとって危険な土地でもあったのだ。

それにかれらは、満州のハルピン郊外の防疫給水部でおこなった研究実験にあらためて戦慄をおぼえていた。自分たちの毎日つづけていた仕事は、到底正常な人間のなし得ることではない。細菌と蚤と鼠の繁殖につとめ、囚人を実験動物と同じように扱った日々。それは、永久に消しがたいいまわしい記憶であった。

部員たちは、自分たちの手が殺人者としての血でよごれているのを感じた。人間として恥ずべき烙印(らくいん)を背に焼きつけられているのを意識した。それは、他人はむろんのこと肉親にも知られたくなかったし、自分の胸からも拭い去りたい過去であった。

かれらは、宿泊所を出ると萩駅にむかった。

夏は、盛りだった。

かれらを結びつけていた連帯感はすでにくずれ去っていた。共犯者同士が周囲の人々の眼を意識して互に素知らぬ風をよそおうように、かれらは顔をそむけ合って思い思いに駅への道をたどった。

列車は、復員者や引揚者や買出し客でふくれ上っていた。

部員たちは、故郷へむかう列車の中に身を押しこんだ。かれらは、ひそかに日本国中へと散っていった。

関東軍防疫給水部員は、軍医中将曾根二郎をはじめとしてその大半がいち早く内地へ帰りついたが、満州にとり残された将兵や一般在留邦人は悲惨な運命にまきこまれた。

日本政府と大本営は、八月九日午前四時同盟通信によるタス通信の傍受によって、ソ連が八月九日午前零時を期して対日戦を開始するという情報をとらえた。そして、同日午前一時ごろ関東軍総司令部から、満州東部国境の牡丹江の第一方面軍の報告として、

「東寧、綏芬河正面ノ敵ハ攻撃ヲ開始セリ。牡丹江市街ハ、敵ノ空爆ヲ受ケツツアリ」

という電話連絡を受けていた。

また午前一時半ごろには、ソ連機が新京に来襲したことも確認された。

関東軍総司令部は、ソ連軍の攻撃が一時的なものではなく本格的な全面攻撃であると判断した。しかし、ソ連を刺戟することは絶対に避けねばならぬという大本営の指示もあったので、関東軍総司令部は、全所属部隊に対し、

「東正面ノソ連軍ハ攻撃ヲ開始セリ」

とソ連軍の攻勢をつたえながらも、戦闘を開始せよという文句は避けて、

「全面開戦ヲ準備スベシ」

と、「準備」という言葉を使用した命令を発した。

しかし、その間にもソ連軍は、一斉に国境を突破し攻撃も激化したので関東軍総司令部は、大本営に対し全面戦闘開始の発令を督促したが、大本営からの命令は、

「対ソ作戦ノ発動ヲ準備セントス」

と、まだ準備段階であることをほのめかしたものであった。

関東軍では、すでに「準備」の段階ではなく本格的な作戦実施の時機であると判

断し、八月十日朝、

「(関東軍) ハ全面作戦ヲ実施セントス。

各方面軍、軍ハ、ソノ作戦計画ニモトヅキ作戦スベシ」

という趣旨の命令を発し、夕刻には大本営からも同様の内容をもつ作戦開始命令がつたえられ、本格的な戦闘行動に突入した。

しかし、その日の午前六時四十五分から十時十五分の間に、日本政府は、降伏を意味するポツダム宣言受諾の電報をスイス駐在加瀬公使とスウェーデン駐在岡本公使に打電し、アメリカ、イギリス、中国、ソ連に対して至急通告するよう依頼していた。

また外務省では、松本外務次官が日本放送協会首脳部の協力を得て、十日夜海外放送によるポツダム宣言受諾の放送を流した。この放送は、まずアメリカで反応がみとめられ、数時間後には全世界につたわったことが確認された。

このポツダム宣言受諾の電文には、

「天皇ノ国家統治ノ大権ヲ変更スルノ要求ヲ包含シオラザルコト」

という天皇制護持の条件が添えられていた。

これに対して八月十二日午前零時四十五分頃、アメリカ側の回答が放送され、それは外務省、陸海軍の海外放送受信所で同時にキャッチされた。

それによると、天皇の国家統治の権限は連合軍最高司令官の制限のもとにあるべきで、

「最終的ノ日本国ノ政府ノ形態ハ、ポツダム宣言ニシタガイ日本国国民ノ自由ニ表明スル意志ニヨリ決定セラルベキモノトス」

と、天皇護持という条件を婉曲（えんきょく）に否定する内容のものであった。

この連合国軍側の回答を外務省は受諾すべきであると決定したが、軍統帥部殊に陸軍は強硬に反対の態度をとった。

そして陸軍では、日本政府の発したポツダム宣言受諾とアメリカからの回答放送を傍受した外地の現地軍が混乱することをおそれて、大臣、総長の連名で、

「大東亜戦争終戦ニ関スル帝国政府ノ敵側ニ対スル申入レニ対シ、本十二日早朝米国ヨリノ放送ニ接シタルモ、陸軍トシテハ右放送ハ国体護持ノ真意ニ反シアルニ依リ、断乎一蹴シ継戦アルノミトノ態度ヲ堅持シテ国策推進中ナルニツキ、各軍マタ断乎作戦任務ニ邁進セラレタシ」

という電報を発した。

そうした緊迫した空気の中で、政府と陸海軍統帥部は、連合国側の回答文を受諾

すべきか否かをめぐって会議をひらき、激しい論議をたたかわした。

陸軍は受諾することを断乎反対すると主張し、それに対して外務省は受諾賛成の意見を出して対立したが、米内海軍大臣、鈴木首相は多くを語らなかったが外務省の意見を支持する態度をあきらかにしていた。天皇制の問題についても、アメリカ側が天皇の地位をくつがえすものではないという判断が、受諾すべしという主張の基本になっていたのである。

しかし、陸軍側の受諾反対の主張は強く、和平派を抹殺するため非常手段をとるという不穏な空気もたかまった。

そうした中で八月十四日午前十時五十分、御前会議がひらかれた。天皇は、その席で戦争を継続する意志の全くないことを告げ、ポツダム宣言を受諾せよと宣し、やむなく陸軍側もその意にしたがった。

八月十四日午後十一時、外務大臣は、スイス駐在の加瀬公使を経由して、アメリカ、イギリス、ソ連、中国に対しポツダム宣言受諾の回答を送り、日本国陸海軍の戦闘行為を停止し武器を引き渡して降伏することを告げた。

そして、翌八月十五日正午、天皇自らの放送によって日本の降伏が公表されたのである。

満州では、絶対優勢なソ連に対して日本軍守備隊は必死の防戦につとめていた。関東軍総司令部では、八月十五日の終戦を告げる放送を聴取後、最高幕僚会議をひらいた。会議では、徹底抗戦を主張する意見が大勢を占め殺気立った討論がつづけられた。しかし、天皇の命令にそむくべきではないという総司令官以下の意見によって終戦が決定した。

翌十六日夜には、大本営から、

「関東軍総司令官ハ、即時、戦闘行動ヲ停止スベシ。タダシ、停戦交渉成立ニイタル間、敵ノ来攻ニアタリテハ、ヤムヲ得ザル自衛ノタメノ戦闘行動ハコレヲ妨ゲズ」

という命令が正式に伝えられてきた。

これによって関東軍総司令部は、所属全部隊に対し、

一、帝国ハ、米、英、ソ、支ニ対シ停戦スルニ決ス

二、関東軍ハ、万策ヲツクシテ停戦目的ノ完遂ヲ期ス

三、各方面軍、軍オヨビ直轄部隊ハ、即時戦闘行動ヲ中止スベシ

タダシ、停戦交渉成立ニイタル間、敵ノ来攻ニアタリテハ、ヤムヲ得ザル自衛ノタメノ戦闘行動ハコレヲ妨ゲズ

四、特ニ左記諸点ニ留意スベシ

(1)諸部隊ハ、宿舎、給養ノ便業ヲ顧慮シ適宜ノ地域ニ集結シ、爾後ノ行動ヲ準備スルコトヲ得

(2)爾後、放火、破壊等ヲ厳ニ戒シムコト

(3)極力、居留民保護ニ努ムルコト

(4)分散セル部隊ヲ速カニ掌握シ、且本命令ノ趣旨ヲアマネク伝達スベキコト

(5)各兵団、部隊ハ、オノオノソノ当面ノソ連軍ト適宜停戦交渉オヨビ武器築城等ノ引渡シヲ実施スルコトヲ得

(6)各兵団、部隊ハ、戦闘行動ヲ停止セバ、順序ヲヘテソノ日時ヲ速カニ報告スルコト

という停戦命令を発し、兵員の召集解除も指示した。

しかし、武装解除は、内地や中国大陸とは異って無秩序なものとなった。各部隊は広い満州に散在していて、その上交通も通信も遮断されていて停戦命令

が順調につたわらない。そのため停戦の通告もソ連側の謀略として無視し、戦闘をつづけて全滅する部隊もあった。

またソ連側の態度も、武装解除を一層混乱させる因となった。

ソ連は、むろん日本政府のポツダム宣言受諾の意志があることを八月十日以来承知し、八月十五日には正式にその降伏を知っていた。

関東軍総司令部でも、八月十九日、秦関東軍総参謀長と極東ソ連軍最高指揮官ワシレフスキイ元帥との間に停戦協定が結ばれたが、ソ連軍側は連絡が徹底しなかったのか進撃をやめようとしない。そして、武装解除も強引で各所に不法行為が発生し、悲惨な事故が頻発した。

国境方面に住みついていた在留邦人たちは、ソ連軍の国境突破と同時に鉄道、自動車によって後方に避難することができたが、ソ連軍の急進撃で鉄道の不通となった地域の邦人たちは、徒歩でのがれる以外になかった。

しかし、これらの邦人たちは、荷物をかつぎ子供や老人や病人を連れている者が多く、たちまちソ連軍の来襲にさらされた。また満人の襲撃も受け、荷物は掠奪され飢えと病いで倒れる者が相つぎ、中には避難をあきらめて守備隊に加わり鉄砲弾を浴びて戦死した者たちもいた。

婦女に対する暴行は果しなく、物品の掠奪も相ついで、それを拒否する者は容赦なく射殺された。邦人たちは、足手まといになる子を捨ててさまよい歩き、つぎつぎとその死体を夏の陽光の下にさらしていった。

新京に軟禁状態で残っていた関東軍の幕僚は、日本政府に対して邦人の救出をもとめて電報を打ったが、それはソ連軍の拒否にあって断片的な文面しか送られなかった。

八月二十九日発

「……二カ月後ノ寒季ト逼迫セル食糧問題トヲ控エ、真ニ憂慮ニ堪エズ。之ガ善処ニ関シ国家トシテ全幅ノ努力ヲ払ワルルノ要アリト思考ス」

八月三十日発

「新京ニ在ル避難民ヲ見テモ、僅カニ持出セル手廻品スラ掠奪セラレ、又数日絶食ノ者スラアリ。……採暖用石炭ハ労力アルモ輸送認可セラレズ、シカモ衣糧、寝具、住宅等ハ徴発又ハ掠奪セラレ、冬ニ入ラバ餓死者、凍死者ノ続出ヲ憂慮セラル。……当地ソ連軍首脳ノ内意ヲタダシタルモ、東京ニ於テ取極メラルベシトシテ何等ノ措置ヲ講ゼズ、当方ニテハ全ク手ノツケ様ナシ。……速カニ内地送還ヲナシ得ル様至急御補助相ワズラワシタク悃願ス」

九月二日発

「……近ク寒季ヲ迎エ、避難民約四〇万……南満一帯ニ充満シ、オソクモ十一月初旬頃マデニ……（以下電文未着）」

これらの邦人は、電報でも憂慮された通り冬期に身をさらし、その厳しい寒気におかされて凍死者多数を出した。

邦人の引揚げはようやく内地でも社会問題となり、各地で引揚促進大会がもよおされた。

満州からソ連軍が撤退した後、これら邦人の引揚げは昭和二十一年五月から国民政府によって開始され、邦人は主として新京、奉天に集結した。そして、同年五月から昭和二十三年八月十五日までに葫蘆島（ころとう）からの船で内地へ送還された。その数は、約百四万五千名であった。

このように非戦闘員は悲惨な状態におかれたが、日本軍将兵も苛酷な運命をたどらされた。

終戦後、満州各地で武装解除をうけた部隊は、徒歩で主要都市に集結させられた。アメリカ、イギリス、中国の三国によって発表され後にソ連も参加したポツダム宣

言は、その第九項に、

「日本国軍隊ハ、完全ニ武装ヲ解除セラレタル後、各自ノ家庭ニ復帰シ平和的且生産的ノ生活ヲ営ムノ機会ヲ得シメラルベシ」

と明記され、事実その条項は、アメリカ、イギリス、中国の三国で確実に実施され、多数の将兵、一般邦人が内地へと送還された。

当然満州と朝鮮の三十八度線以北で武装解除をうけた将兵たちも、ポツダム宣言の第九項にしたがって復員させられるはずだった。

しかし、意外にもソ連は、日本軍将兵を約千名ずつの作業大隊に編成させると鉄道輸送をはじめたが、それは内地への道ではなくシベリヤへの逆送であった。

シベリヤへ送られた将兵の数は実に六十万人にも及び、かれらは酷寒の地で強制労働に従事させられた。

この不当な処置に対して日本政府は、アメリカ占領軍の援助を懇請し、昭和二十一年十二月十九日対日理事会ソ連代表と連合国最高司令官代表との間に引揚げに関する協定が成立した。

そして、同年十二月五日ナホトカを出港した明優丸を第一船として抑留者の引揚げが開始された。

抑留中に飢えと寒さで多数の死亡者を出したが、昭和二十五年四月、タス通信は、

「日本人捕虜の送還は完了した。戦争犯罪その他の理由による残留者は二千四百六十七名である」

と発表し、シベリヤからの引揚げの完全終了が通告された。

九

戦争は終った。延べ一千万名にのぼる日本人が兵士として参加した戦争は、約二百万名の戦死者と尨大な物資をのみこんで終ったのだ。

また日本の降伏は、第二次世界大戦の終結でもあった。交戦各国の兵員、市民の犠牲は大きく、死者約二千二百万人、傷者約三千四百万人というおそるべき数に達していた。

最後まで徹底抗戦をつづけていた日本の国土は、アメリカ陸海軍機の爆撃と艦艇の砲撃によって破壊されていた。沖縄県はアメリカ上陸軍の攻撃にさらされて死骸の散乱する地となり、本土の東京、大阪をはじめとした九十六都市は焦土と化していた。またアメリカ爆撃機の無差別爆撃によって、非戦闘員の死者は四十万名におよび、さらに広島、長崎両市への原子爆弾の投下によって二十六万名の市民が、一瞬の間に死者となった。

戦火はやんだが、その後には想像を絶した飢餓と貧困が待ちかまえていた。

終戦時の日本の工業力は潰滅状態に近く、殊に軍需工業に圧迫された生活必需品の生産量は、慄然とするような数字となってあらわれていた。それらは人々の日常生活を事実上不可能とさせるもので、中国との戦争がはじまった昭和十二年の生産量に比較すると、綿織物二パーセント、毛織物一パーセント、石鹼四パーセントとつづき、革靴、食油、砂糖などはゼロといった状態であった。

そうした中で、昭和二十年九月二日、東京湾に碇泊中のアメリカ戦艦「ミズーリ号」艦上で日本の降伏調印式がおこなわれた。そして、その直後から日本の完全占領を果した連合国軍総司令部は、敏速にあらかじめ計画されていた占領政策を実行に移していった。

まず九月十一日には、東条英機元首相をはじめ戦時中の指導者三十九名を戦争犯罪人として指名して逮捕命令を発し、かれらをつぎつぎに巣鴨拘置所に監禁した。また軍をはじめ戦時中の組織は連合国総司令部の指令によって解体され、戦時中に不穏分子として逮捕されていた政治犯約三千名が獄から解かれた。

改革は、目まぐるしい速さですすめられていった。男女平等、労働者の団結奨励、教育の自由主義化、専制政治からの解放、経済民主化の五大改革がとなえられ、それにもとづいて、軍国主義教育の禁止、軍国主義教員の即時追放、財閥の資産凍結と解体、財産税の創設、軍人恩給の廃止、農地改革案等が実行にうつされ、日本的ファシズムの根元と考えられていた神道と国家の分離が要求された。

連合国軍総司令部は、戦争犯罪人の逮捕のみでは不充分であるとして、軍人をはじめ戦争遂行に協力した約二十万名におよぶ日本人を公職から追放、共産党をふくむ政党の結成をうながした。殊にきびしい弾圧をうけてきた共産党の出現は画期的なもので、党指導者の徳田球一は、アメリカ占領軍を解放軍とたたえてその処置を高く評価した。

憲法の改正も、連合国軍総司令部の命令で順調におこなわれた。新憲法は天皇の象徴化、主権在民思想の確立等民主化の徹底をうたったもので、第九条には非武装、戦争の放棄が明記され公布された。

そのような変革がおこなわれている中で、庶民は家も衣服もなく、激しい飢えにあえいでいた。狭い国土に海外からの約七百万人に達する復員や引揚者もくわわって、人々の生活は一層悲惨な状態におちこんでいた。

栄養失調症で死亡する者はあとを絶たず、人々は、あてもなく焼跡をさまよった。そうしたかれらにわずかな救いとなったのは、連合国軍占領政策にもとづく食糧の支給であった。

占領下におけるみじめな生活がつづいた。それは、敗戦国の味わわねばならぬ宿命的なものではあったが、その間徐々にではあったが、経済復興、生活安定のきざしもみえはじめていた。

三千名近い旧関東軍防疫給水部員たちは、敗戦の日本国内に身をひそめていた。かれらを最も恐れさせたのは、戦争犯罪人として摘発されることであった。

A級戦犯として起訴された二十八名の被告のうち、東条英機、松井石根（いわね）、土肥原賢二、板垣征四郎、木村兵太郎の各元陸軍大将、武藤章元陸軍中将、広田弘毅元首相の七名は絞首刑、その他の十六名は終身刑、一名が二十年、一名が七年の禁錮刑を宣告され、大川周明は精神異常のため、また松岡洋右、永野修身はそれぞれ病死のため起訴状から削除された。

このA級戦犯の裁判と併行して、連合国軍総司令部は、B級、C級戦犯の摘発と処分に精力的な活動をおこなっていた。

さまざまな証言と記録が詳細に検討されて容疑者がつぎつぎと逮捕され、四千余名の旧軍人、軍属が有罪判決を受けた。そして、そのうち約千名の者が死刑の執行をうけた。

旧関東軍防疫給水部員たちは、ハルピン郊外の本部を中心におこなわれた作業が戦争犯罪行為に充分あてはまることを知っていた。

細菌戦用兵器は、毒ガス兵器と同じようにその使用は禁じられていたし、その研究開発が戦犯の重要な起訴条件である非人道的行為に相当することはあきらかだった。しかも、その研究実験のため、三千名にも及ぶソ連人、中国人、満州人俘虜を人体実験に供し一人の例外もなく死に追いやったことは、重大な戦争犯罪を構成するはずであった。

旧防疫給水部員のほとんどは、早々と内地へもどってソ連軍に逮捕されることはまぬがれたが、日本に軍政をしく連合国軍総司令部の眼をおそれる身となったのだ。

かれらは、内地の土をふむと同時に、完全な個となっていた。かれらは、それぞれの故郷へ帰って身をひそめた。戦時中なにをしていたのかと家族や友人に問われても、

「満州の病院で傷病兵の看護にあたっていた」

と答えたり、

「司令部で事務をとっていた」

などと質問をそらしたりしていた。

かれらは、米軍人や米軍のジープの姿におびえた。戦犯としての逮捕は突然におこなわれ、いったん捕えられれば自分たちに待っているのは処刑以外にないと信じていた。

かれらの中には、激しい不安におそわれて妻子や肉親とわかれて故郷の地をはなれる者も多かった。故郷は危険な土地であり、それよりも人のひしめく都会に身を没する方が安全であることを、かれらは知っていた。

かれらは、浮浪者の群に投じたり、わずかな収入しか得られぬ職業についてひっそりと息づいていた。

町の人ごみの中に、同じ部に属していた者の姿を見出すこともあったが、かれらは顔をそむけて通りすぎた。かれらは、たがいに過去との断絶をねがっていた。

陸軍軍医中将であった旧関東軍防疫給水部長曾根二郎の消息は、絶えていた。ソ連参戦が決定した直後、給水部の幹部とともに飛行機で平房駅を去ってから、かれの姿は消えていた。北鮮の平壌附近で眼にした者がいるという噂はあったが、それ以上のことはなにもわからなかった。

曾根の指揮した細菌戦用兵器の開発と、それにともなう人体実験は、旧軍部の中枢部にいた極めて少数の軍人のみしか知らなかった。それは厳重な機密秘匿によって維持され、ソ連参戦と同時にその痕跡すら完全に地上から消滅させられていた。

しかし、そのような秘匿の努力もむなしく、アメリカもソ連も、そのすぐれた諜報機関の活動によって日本の細菌戦用兵器の存在をかぎとっていた。世界列強でも細菌戦の研究は積極的にすすめられていたが、アメリカもソ連も、日本の研究が世界で最も進歩したものであったことを知っていた。そして、その研究の推進者が、天才的な頭脳をもつ細菌学者——曾根二郎であることもつかんでいた。

アメリカ占領軍司令部は、日本に進駐後、専門家を動員して旧日本陸海軍の使用、または研究段階にあった新兵器の探索に全力をかたむけ、各種兵器の研究開発に関係した日本人を連行し、資料の提出と説明をきびしく求めた。

当然、アメリカ占領軍司令部は、細菌戦用兵器に注目していた。というよりは、最大の関心をもつ一つであったのだ。

かれらは、曾根の指揮する関東軍防疫給水部が中国大陸で細菌撒布をおこない、多くの兵員、一般人を発病させ死亡させたことも知っていた。しかし、かれらは細菌による殺戮(さつりく)ということが理論として納得できても、兵器として実戦に使用できる方法をつかむまでには至っていなかった。細菌は適度の条件のもとにおかなければ死滅してしまうし、それを生かしたまま実地に使用していちじるしい効果をあげた日本の細菌戦用兵器の存在は、かれらにとって注目すべきものであったのだ。

アメリカ占領軍司令部は、旧関東軍防疫給水部員の発見につとめたが、名簿もなく所在もわからない。曾根二郎をはじめ防疫給水部の幹部数名の氏名は判明したのだが、どこにひそんでいるのか手がかりもつかめなかった。

その頃、日本に代表部をおくソ連も、日本の細菌戦用兵器の全貌をつかむことにひそかに動き出していた。

細菌戦用兵器は、直接には日本陸軍が仮想敵国と目していたソ連との戦争に使用するため開発されたもので、事実昭和十四年夏に起ったノモンハン事件でも防疫給水部が河川の細菌汚染による作戦行動をとったと伝えられていた。そうした事情もあって、ソ連は、日本の有力な対ソ戦力として予定されていた細菌戦用兵器の内容をつかむことに全力を傾けていた。

ソ連は、関東軍防疫給水部がソ連軍の進撃する直前に施設を徹底的に破壊し、部員もいち早く日本内地へ脱出したことを知っていた。そのため日本内地で旧部員と接触し、その内容をさぐる以外に方法はなかった。

ひそかな動きではあったが、アメリカ占領軍司令部と駐日ソ連代表部との間で、曾根二郎以下旧防疫給水部幹部のはげしい探索がはじまった。かれらは、それぞれ多くの人間を動員して旧部員の所在をさぐることに奔走した。

やがて、アメリカ占領軍司令部が、ソ連代表部に一歩先んじることになった。日本政府とアメリカ占領軍との連絡官であった君島元陸軍中将が、占領軍司令部に招かれ、

「曾根二郎元陸軍軍医中将を連れてきて欲しい」

と、依頼された。

司令部では、旧陸軍上層部の数名が曾根二郎の所在を知っているらしいことをつきとめていた。そして、君島がそれら数名の者と親しく、曾根の所在もきき出すことが出来るはずだと推察したのだ。

君島は、黙っていたが、しばらくして、

「曾根を連れてこいというが、それは戦争犯罪人としてか」

と、きいた。

司令部員は、

「ちがう」

と、答えた。

「それでは、曾根を利用したいために連れてきて欲しいと解釈してよいか」

「その通りだ」

司令部員は、何度もうなずいた。

君島はしばらく思案していたが、

「連れてこられるかどうかはわからぬが、一応努力してみる」

と答えて、司令部を辞した。

数日後の夜、君島は、東京山手の或る住宅街の露地に足をふみ入れた。その一廓は戦災にもあわず、古びた大きな邸が塀をめぐらしている。食糧不足はこのような邸宅に住む階級の者たちにも共通していて、庭土は菜園として掘り返され、玄関の軒先には干し大根が藁縄にくくられて垂れ下ったりしていた。

君島は、暗い露地の奥で足をとめると傾きかかった門をくぐった。洋風の家の後に和風の家がつらなっている。

ドアをあけると、品のいい四十五、六歳の女が膝をついた。それが、曾根の妻であった。

応接間に通された君島は、すぐに廊下を近づく足音を耳にした。ドアから姿をあらわしたのは、曾根二郎だった。

曾根は、旧関東軍防疫給水部長であった頃と少しも変らぬ表情をしていた。そして、君島と挨拶を交すと、旧陸軍中枢部にいた知人の消息を熱心にたずねた。

「用件は?」

と、曾根が、君島の顔をうかがった。日常的な会話を急に中断して事務的な話にうつる仕方も、戦時中の曾根と同じであった。

君島は、アメリカ占領軍司令部から曾根二郎を連れてくるように依頼されたことを告げた。

「戦犯か、ときいたらそうではないという。利用したいというのだ。司令部内の責任ある軍人の言葉だから一応信用はできると思うが……」

君島は、答えた。

「よろしい、行きましょう」

曾根は、即座に答えた。

君島は、呆れたように曾根の顔を見つめた。

「私は、なにも悪いことをしたのではない。私は、軍人であると同時に医学者だ。医学にたずさわる者が最も遺憾に思うのは、医学研究の実験に犬や鼠や兎などの動物しか使えぬことだ。実験動物で得たデータが、人間にもあてはまるかといえば、そんなことは決してない。そのデータを使って人間の治療にあてても、多くは失敗して患者を死亡させてしまう。考えてもみたまえ。今は簡単な手術になった盲腸の手術も、初めは動物実験をかさねて、これでよしと思って人間に応用したが、患者はバタバタ死んでいった。まさに死屍累々だ。その後何十人、何百人かの人間を手術しているうちに、確実と思われる方法をつかむことができるようになった。つまり人体実験によって盲腸手術も日常茶飯事の手術になったわけだ。積極的に医学の研究をつづける者は、だれでも本心は人体で実験したいと思っている。人体を使用できれば、動物実験よりも短時間で、しかもはっきりとした答が出る。私は、それをやったわけだ。しかも相手は処刑の確定した諜報員たちだ。どうせ死ぬ運命におかれたものなら、人類のために貢献させた方がいい。私は、一個の人間を実験に使用することによって、無数の人間の生命をすくうデータを得ようとしその通りになった。つまり一殺多生というやつだ」

曾根は、淀みない口調で言った。

「しかし、アメリカ占領軍当局は戦犯にはしないというが、本当に信じてよいかどうか一抹の不安はある」

君島は、顔を曇らせた。

「細菌戦用兵器を開発したという意味でか？　冗談ではない。戦争は、殺戮し合うものだ。相手国の将兵をより多く殺す兵器をもった方が、勝利にめぐまれるのは当然の理だ。日本だけではなく世界各国が新兵器の開発に全力をあげたのは、そのためだ。細菌戦用兵器が、なぜ非人道的なのか。銃や大砲やその他すべての兵器も、人を殺すためだけの目的でつくられている。細菌戦用兵器が非人道的なら、あらゆる兵器も非人道的なものといわなければなるまい。それにアメリカには、細菌戦用兵器を非人道的だなどという資格は全くない。原子爆弾を考えてみたまえ。かれらは、軍事施設もなく非戦闘員だけしかいない広島、長崎に原子爆弾を投下して多くの人間を一瞬にして殺傷したではないか。非人道的とはアメリカにこそあてはまる言葉だ。私が戦犯などになるわけがない」

曾根の顔には、みじんも不安そうな表情は浮かんではいなかった。

「それでは、利用ということについてどう思うか」

君島は、曾根の顔をのぞきこんで言った。

「利用という意味は、おれの細菌戦用兵器の研究内容と各種の人体実験の結果を教えて欲しいと解釈してよさそうだが、かつて敵国であったアメリカに教えることについて、あなたはどのように思うか」

君島は、言葉に窮した。

曾根は、顎鬚に手をあてて君島の顔をみつめた。

「それでは私の考えを述べさせていただこう。初めに申し上げた通り、私は軍人であると同時に医学者だ。しかし、戦争にやぶれた現在、私は軍人ではなくなり、医学者としての自分だけが残った。従って医学者として考え、行動すべきであると思う。私は、研究実験をかさね、世界に類のない貴重な資料を得た。医学者としては、それを私物化すべきではなく人類のために提供したい。日本は敗戦国となって荒廃し、私の研究成果を受けいれる素地はない。もし、アメリカが所望なら、喜んで研究結果を提供したい」

曾根は、断言するように言った。

君島の訪問の目的は、その一言で果されたも同じであった。

君島は、曾根の家を辞した。かれは、暗い露地から出ると電車道の方に歩いた。曾根には、かれ一流の論理がある。それは、科学の一領域である医学にたずさわる者の、感傷を排した冷静な考え方から発するものらしい。

曾根は、細菌を兵器とすることを思いつき、中国大陸では実戦に使用した。また多くの囚人を監禁して実験に供した。そうした恐るべき過去も、曾根にはなんの陰翳も落してはいない。むしろ、人類のための貴重な研究をおこなったのだと信じこんでいるらしい。

曾根は、胸にあることを押えつけておくことのできない男だ。アメリカ占領軍司令部におもむいて、傲慢な態度で原子爆弾の投下をはじめアメリカの戦法を批判するようなことでも口にすれば、係官の心情を害して、ひいては戦犯容疑者として指名され処刑されてしまうかも知れない。

君島は、顔をしかめ、頭をふった。そして、淡い光の流れる電車通りの方へ歩いていった。

翌日、君島は、曾根二郎と打ち合わせた後、つれ立ってアメリカ占領軍司令部へ赴いた。

出てきた司令部員は、すぐに曾根を引き立てるようにして奥の部屋へ連れこんだ。君島は、曾根がどのような扱いを受けるかを危ぶんだが、その後曾根が戦犯容疑に問われたという話もきかなかった。

曾根の生命は、無事だった。というよりは、アメリカ占領軍司令部のかなりの好遇を受ける身となっていた。曾根は、その扱いを当然と思っていた。自分は世界的な細菌学者であり、アメリカがすぐれた学者に敬意をはらうことは賢明だと思った。

貴重な研究資料はないかと問われた曾根は、あると答えた。ソ連参戦直後、曾根は、平房の関東軍防疫給水部の本部建物から、最も重要な資料をトランク三個につめて内地へ持ち帰った。それは、かれが、細菌戦用兵器の研究に全力をそそいだ成果であり、平和時には到底こころみられぬ三千名にも及ぶ人体に対する類のない実験データであった。

司令部の担当者は、その資料が残されていることを知って狂喜し、その提出をもとめた。

しかし、曾根は、担当者の態度に不服だと率直に言った。かれのもつ資料は、戦争が終結した現在、兵器としてではなく医学的意義をもつものとなっている。提出を要求するのではなく、譲渡を乞うべきだと主張した。

曾根の言葉を諒解した司令部員は、上司と相談の結果、相応の価格で買いとることを約束した。

トランクは、曾根の家にかくされていた。そして、そのトランクは、アメリカ占領軍司令部に手渡された。

曾根とアメリカ軍司令部員との関係は、親密なものとなった。その現われの一つとして、曾根の収入を確保する方法が司令部員の手ですすめられた。

東京の町々は焦土と化していて、建ちはじめた家屋も粗末なものばかりで、アメリカ軍将校たちの憩う場所は少なかった。幸い曾根の家は焼け残り、しかも洋風の部屋も多いので、占領軍将校専用の旅館として活用したらどうかとすすめた。

終戦後、米軍から得る報酬以外に定収入のない曾根は、そのすすめにしたがって旅館業の許可を受けた。

かれの家には、日が没すると米軍将校が車にのってやってきて、夜おそくまで飲食するようになった。曾根は、奥の日本間にとじこもって稀にしか姿をみせなかったが、夫人は、料理人や女中に指示をあたえて接待につとめていた。

或る日、曾根の家に二人の外人が訪れてきた。

曾根が応接間に招じ入れると、二人の外人は、ソ連代表部の者であると告げた。曾根の所在をさぐっていた代表部は、漸くその住所をつきとめたのだ。

その日からソ連代表部員の訪問は、頻繁にくり返された。

かれらの目的は、むろん細菌戦用兵器の全容を知ることで、しきりに曾根に同行をもとめた。が、曾根は、不機嫌そうにかれらの要求を拒否した。

「現在の日本を占領統治する権限は、連合国軍最高司令官がにぎっている。ソ連代表部員が直接私をそのような目的で訪問することは違法である。アメリカ占領軍司令部の係官立合いのもとでなくては、不可能と定められているはずだ」

曾根は、かれらに強い語調で言う。

しかし、代表部員の訪問はやまなかった。そのうちに、どこからきき出したのか、曾根が満州から持ち帰った三個のトランクの存在も知ったらしく、

「その資料をゆずって欲しい」

と、懇願するようになった。

曾根は、

「アメリカ占領軍当局に提出した」

と、答えると、

「少しでも残っているものはないか。一部でもよいから」

と言う。

執拗な訪問がつづき、夫人が玄関先で帰るように求めると、

「あなたの家は旅館業ではないか。部屋もあいているのだから、客をこばむ理由はないはずだ」

と言って、上りこむ。

さすがに曾根も、神経がいら立ってひそかに郷里の千葉県下に身をかくしたりした。

やがて、曾根のもとには少しの資料も残っていないことを知ったソ連代表部員は、いつの間にか姿をみせなくなった。

曾根は、再び東京にもどるとアメリカ占領軍司令部との接触を一層深めるようになった。

かれは、司令部におもむくと譲渡した資料について説明をくわえたり、細菌戦用兵器の将来について積極的に意見を述べたりした。

かれの渡した資料の原本は、アメリカ本国へ空輸されたが、その内容はアメリカ軍当局を驚嘆させた。汚染された細菌蚤を動く兵器として活用するという曾根の発想は、独得な創意にみちたもので、細菌戦用兵器の難問を一挙に解決するものだった。またそれを基本として作製された陶器製爆弾をはじめとした細菌戦用兵器の発明は、かれらを啞然とさせるのに充分だった。

かれらは、細菌学者としての曾根二郎にあらためて大きな敬意をいだいた。そして、曾根のすぐれた頭脳を利用して、細菌戦用兵器という未開拓の分野に研究をすすめる姿勢をとった。

曾根は、完全にアメリカの庇護のもとにおかれるようになった。あたえられた報酬も増し、かれはそれに応えるようにアメリカ占領軍に細菌学者としての建言をつづけていた。

しかし、戦時中、日本陸軍が細菌戦用兵器を開発していたことは、一般の日本人には知られていなかった。細菌が恐るべき兵器として実用段階にまで達し、さらに三千名の俘虜が人体実験にさらされていたことは旧軍部の極く一部の関係者が知るのみであった。戦時中は、軍の機密にぞくするものとして秘匿され、さらに敗戦後はアメリカ占領軍司令部の意志で陰蔽されたのであった。

しかし、思いがけぬ事件のために旧関東軍防疫給水部の存在が表面にあらわれることになった。

昭和二十三年一月二十六日思いがけぬ大量殺人事件が東京都内におこった。

その日、午後三時すぎ、東京都豊島区長崎町にある帝国銀行椎名町支店に、消毒班長と墨書した腕章を腕にまいた男が訪れてきた。さし出した名刺には、厚生省技官医学博士山口二郎と印刷されていた。

男は、同支店長代理吉田武次郎に、近くの相田小太郎方で集団赤痢が発生したが、相田家の者が同銀行支店に預金をしにきたことが判明したので、支店を消毒すると告げた。

　また消毒に先立って、支店の全員に予防薬を服用してもらわねばならぬと述べ、吉田支店長代理ほか十五名の行員を集めた。そして、持ってきた薬を行員にわけてのませたが、それは予防薬ではなく青酸カリ溶液で、全員が倒れた間に、男は現金十六万四千四百十円と一万七千余円の小切手一枚をうばい逃走した。その結果、十二名が死亡、四名が重態におちいった。

　この事件は帝銀事件と称され、敗戦後の怪事件として警視庁は全力をあげて捜査に入った。

　捜査は難航し、薬物の取扱いになれた者に焦点があてられて犯人の発見につとめたが、犯人と断定できる人物はあらわれなかった。

　捜査陣の焦慮は日増しに濃くなったが、そのうちに捜査陣は、或る方向に動き出した。かれらは、どこからともなく旧日本陸軍に人体実験をともなう細菌戦用兵器研究機関が実在していたことをかぎつけた。多くの軍医、軍属が、俘虜に細菌汚染をはじめ各種の人体実験をおこない大量殺戮をしていたことを知ったのだ。

　銀行員十二名を死亡させた犯人の態度は、生命をとりとめた行員の証言で、ひどく冷静であったことが判明していた。そのことからは犯人が人を殺害することになれた人物であるという想定が成り立った。人体実験に従事していた者なら、銀行員を死亡させることなど逡巡（しゅんじゅん）しないだろうし、第一毒物の取扱いにも長じていると推測された。さらに捜査陣は、その細菌戦部隊が、ハルピン郊外の本部建物を破壊し撤収する折、全員に青酸カリ溶液を配布した事実もつきとめた。それらの部員たちは、満州、朝鮮を脱出して内地の土をふんだ時も、その劇薬を所持していたはずだった。

疑惑は一層深まり、捜査陣は積極的な活動を開始した。捜査員は、曾根二郎をはじめ細菌戦部隊と関係のある旧陸軍軍人の聴込みから手をつけた。そして、幹部の口からその部隊で研究実験に従事していた者たちの氏名が徐々にあきらかになり、捜査員は八方に散った。

その動きは、旧関東軍防疫給水部員たちに大きな恐怖をあたえた。

かれらは、ひそかに日本の市町村に身をかくしていた。目立たぬ職業について日々を送りながらいまわしい過去に悩み、それを忘れたいとねがっていた。過去が、かれらをさいなみ、それが悪夢のように日々の生活の重い枷（かせ）となっていたのだ。

戦犯として摘発されることを、かれらは最も恐れていた。戦後三年間が経過して漸くその危惧もかすかにうすらぎかけていたが、不安は根強く残っていた。

そうしたかれらに、帝銀事件はかれらの過去の経歴を明るみにひき出すきっかけとなった。

或る男は、故郷の小さな町にある会社に勤めていた。

梅雨のはじまった頃、勤務先に刑事が訪れてきた。

「あなたは、戦時中に関東軍の細菌戦部隊にいましたね」

刑事の質問に、かれは、顔色をかえた。戦犯容疑者として逮捕されると直感したのだ。

かれがおびえたようにうなずくと、刑事は、青酸カリ溶液をもっているかとたずねた。

かれは、捨てたと答えた。

刑事は疑わしそうな眼を光らせ、会社の上司や同僚に日頃の素行をたずね、出勤簿の閲覧ももとめた。その結果、かれが事件当日故郷の町にいたことが判明し、疑惑はとけた。

会社の者は、なぜかれが刑事の来訪を受けたかを知りたがった。が、かれは、旧関東軍防疫給水部員として細菌戦用兵器の研究実験に従事していたことを口にしなかったため、前科者ではないかと疑われるようになった。

かれは、会社にも居づらくなり、家人にも行先を告げず故郷の町から姿を消した。

この男のような例は、旧部員全員に共通したものであった。かれらは自分にそそがれる知人たちの不審そうな眼よりも、警察に過去を知られてしまったことに恐怖を感じた。

しかし、かれらの中からは容疑者は出なかった。或る防疫給水部の幹部は、

「われわれが取り組んでいたのは細菌で、毒物ではない。混同しては困る」

と、捜査員に冷笑するように言った。

この事件を契機に、旧関東軍防疫給水部による研究実験の内容の一部が巷間にながれたが、アメリカ占領軍司令部は終始沈黙を守り、戦犯摘発の気配もしめさなかった。そのため細菌戦部隊の存在は、再び地底深く埋れていった。

しかし、この部隊の戦時中におこなわれた研究実験の内容は、ソ連国内であきらかにされた。

ソ連は、日本国内で曾根二郎をはじめ防疫給水部員から細菌戦用兵器の全容をつかむことに失敗したため、満州、北朝鮮でとらえシベリヤに送りこんだ俘虜の中から、旧関東軍防疫給水部員の摘発につとめた。

厳重な追及と俘虜同士の密告もあって、関東軍司令官山田乙三（おとぞう）大将ほか十一名の

部員が逮捕され、軍事裁判にかけられた。それらの被告は、ソ連参戦時に部員であった者は稀で、支部に勤務していた者や給水部の中枢からはずれた者ばかりであった。

しかし、綿密な調査の結果、その概要はあきらかにされ、被告は最高二十五年、最低二年の禁錮刑に処せられ服役した。

またソ連は、俘虜の中から特定の人物をえらび出して諜報活動を誓わせ日本に送還したが、その中に元陸軍少将がいた。

その将官の目的の一つは、曾根二郎に接触し動向をさぐることで、帰国後すぐに活動を開始した。かれは、曾根の自宅を二度にわたって訪問し、日常の行動と細菌戦用兵器の資料の有無をさぐった。しかし、かれの報告からはソ連側を満足させるものはなく、諜報活動は打切られた。

曾根は、自由な日々を送っていた。

金銭に窮した旧部下が短刀をふところに訪れてきたり、脅迫状が舞いこんだりしたこともあったが、かれは全く意に介さなかった。

やがて曾根の消息は、親しい者たちの間からも絶えた。アメリカに渡ったという話もあったし、かれの指導によってアメリカ軍が朝鮮戦争で細菌爆弾を使用したという噂も流れた。

昭和三十三年春、かれの姿は、国立第一病院の手術台上にあった。かれは、喉頭癌におかされていたのである。

手術後の経過は順調で病状は小康をたもったが、一年後には再発し、昭和三十四年十月八日午後三時死去した。

告別式は青山斎場でおこなわれたが、どこから聞きつたえたのか千名にもおよぶ焼香客が斎場にあふれた。

焼香客は、一部の者をのぞいて複雑な表情をしていた。顔見知り同士であることはその表情のわずかな動きで察しられたが、焼香を終えると、たがいに眼をそらし合って斎場を出てゆく。

かれらは、旧関東軍防疫給水部の関係者たちで、喪章をはずすと思い思いの方向に足を早めて去った。

解説

保阪正康

本書には二つの大きな特徴がある。第一は曾根二郎という軍医は実在のある軍医をモデルにしていて、その人間像が適確に描かれていることだ。第二は、この時代（昭和の軍事主導体制下）の人間感情の歪みが「戦争の論理」に起因していることを、冷静な筆調で教えている点である。この二つの特徴を通じて言えることは何か。その問いを読者に問うているという意味で、本書は重い存在たりえている。

いうまでもなく二十世紀の二つの世界大戦は、戦争の本質を変えてしまった。科学技術が戦争を通じて進歩することで、それまでの限られた戦闘地域で、限られた戦闘要員（大体が二十代の兵士だった）が、自らの属する国家の国益の守護や国権の伸長、そして国威の発揚を求めて戦うという戦争は、その役割を終えた。第一次世界大戦では飛行機が登場して爆弾を投下したり、長い砲身の大砲がつくられて十キロ先にまで砲弾を飛ばしたり、はては戦車が登場して自在に戦場を走り回る戦争になった。そのあげくに毒ガスが登場して、相手国の戦闘員・非戦闘員を問わず殺戮に走った。

戦争はまさに国家総力戦となり、相手国の国民を抹殺する方向にと変わった。第二次世界大戦はそれがなおのこと徹底し、軍事力はさらに科学技術によってより効率的になり、むしろ都市爆撃に象徴されるように相手国の国民を抹殺することが目的になった。その象徴が原爆の登場だったのである。

このような人類史の流れを踏まえたうえで本書を読んでいくと、曾根二郎のような特異な哲学を持つ医学研究者が生まれてくる所以がよくわかる。著者はそういう哲学・心情をとくに声高な形容句で語ることなく淡々と記述している。次のようにである。

「曾根は、細菌戦用兵器の研究という国防上重要なものにとりくんでいるかぎり、研究を達成するためにはかなり思いきった行動をとっても許されるはずだと考えた。動物をつかって実験をくり返すよりも、直接人体を使用して実験する方がはるかに効果的であることはまちがいない。戦場では、連日のように多くの俘虜たちが処刑されている。それらは銃殺され首をたたき落されて、土中に埋められてゆく」

曾根は、「それらの死体を惜しいと思った」だけではなく、医学者として「生きた人間を実験動物の代りに使用するという想像もできないことを、自分の手で満足のゆくかぎり実行してみたい」と考えるようになる。

こうした曾根の考え方はやがて関東軍総体の意思になり、蚤にペスト菌を植え、ねずみをコレラ菌の媒介者とし、そしてペスト菌の蚤を風船爆弾でアメリカに飛ばすといった戦略兵器に代えるべく一大工場をつくり、壮大な人体実験をくり返していく。延べにして三千人余の中国人・ロシア人捕虜がその犠牲となった。

現実の史実では、この関東軍防疫給水部は、七三一部隊という隠語で呼ばれていたわけだが、曾根の哲学や心情はこれまで明らかになっている実在の軍医中将とまったく同じ内容である。小説という形をとっているにせよ、本書は実際にはノンフィクションという意味あいが強い。いや日中戦争の内実を確かめていくと、むしろこれは史実中心のノンフィクションというべきであり、著者があえて小説の形をとっているのは、単に告発や糾弾の書にはしたくない、そのような枠内で考えるよりも曾根に代表される考え方が戦時下ではむしろ国家への忠実な科学者であったと指摘したいためだろう。

加えて戦争を終えたあとも、アメリカやソ連が曾根の所在を求めて調べ回り、一足先にアメリカ占領軍司令部がその身柄を確保することを本書は記している。そのうえで曾根の残した資料はすべてアメリカ本国へ送られたというのだ。以下著者の筆を借りるならば、

「その内容はアメリカ軍当局を驚嘆させた。汚染された細菌蚤を動く兵器として活用するという曾根の発想は、独得な創意にみちたもので、細菌戦用兵器の難問を一挙に解決するものだった。またそれを基本として作製された陶器製爆弾をはじめとした細菌戦用兵器の発明は、かれらを唖然とさせるのに充分だった」

とあり、アメリカ側は「細菌学者としての曾根二郎にあらためて大きな敬意をいだいた」というのである。むしろ曾根の考えだした蚤爆弾は、最新兵器としてもっとも有効であるとも、その道の開拓者の位置に立つとも考えられたという。「戦争」という軍事空間の中に持ちこまれた日本の軍医中将の人体実験は、戦争の論理の前にすべてが免罪とされたと、著者はとくに興奮するでもなく書いている。

いうまでもなく、この筆調こそが本書の持つ怖さを浮かびあがらせる卓抜な手法なのである。

冒頭に指摘した二つの大きな特徴は、冷静で、事実のみを記していくその筆の運びによって私たち読者に多くの示唆を与えている。この示唆を、私はあえて「問

い」を発していると記したのだが、それぞれがその答えを考えていかなければならない。単にヒューマニズムの視点で批判するだけでは包括できえない問題だというべきであろう。

といって「戦争」の時代だから、曾根のような考え(哲学)や心情は許されるという論を持ちだすのなら、本書は何のために書かれたのかということになる。本書を通じて自らで問いを発し、自らで答えを用意するというのは、本書そのものがある時代の特異な史実を書いたのではなく、「現代」に通じる本質そのものを問うていると考えられるからだ。二〇一五年の現在、人類史は「イスラム国」(イスラミックステート〔IS〕)という自称「国家」が行っている抹殺の論理と向きあっているだけに、なおのことそのような思考回路を持つことが必要になっている。

本書のこうした歴史的耐用性とはどこから生まれてくるのだろうか。

一読してわかるが本書では、末尾で一人の陸軍中将の名が書かれているが、固有名詞で語られているのは曾根二郎だけである(戦況を書くときに司令官の氏名などが書かれていても、それは本書の筋立てとは関係ない)。とにかく固有名詞はまったく使われていない。関東軍の参謀長、参謀副長なども職名で書かれていて、固有名詞ではないのだが、そのことは何をあらわすか、は考えるべきであろう。

著者は個々の関係者の固有名詞を提示することにより、この驚くべき「人体実験」が特異なケースとされることを恐れたのであろう。むろん著者はこのテーマにとりくみ、小説としてまとめるためにそれこそ多くの関係者に会って話を聞いていると思われる。なぜならペスト菌を持つ蚤爆弾の説明、人体実験された捕虜たちの生態が細部にわたって描写されているのを見ても、著者の会った取材対象者の数の多さは容易に想像されうる。確かに固有名詞で語ることはそういう人物へ迷惑がかかるという配慮もあっただろう。

しかし固有名詞を一切用いないことによって、逆にこうした「人体実験」という非人間的行為が、戦争という時代にはこれまでも行われてきたし、これからも行われるであろうと考えることができる。人類史はそういう残酷さを抱えながら編まれていると、著者と同じ感覚が共有できるように思う。

さらに指摘すれば、著者はこうした実験に関わった人たち（関わらなければならなかった関係者たち）が、自らの罪業に恐れおののいて「戦後」を生きている姿を暗示させている。かつての仲間であっても、「たがいに眼をそらし合って」という表現にそれが凝縮している。この実験に関わった人たちが、いかに脅えて戦後を生きたかは、本書全体の行間の中からも浮かびあがる。私自身、こうした関係者に会

って話を聞いたことがあるのだが、その彼が「私たちはクモの巣にひっかかってい
る虫のようなものです」と言って、詳細は曖昧にしつつ、自らが戦後も誰かに監視
されているとの不安を口にしていた。「二度と中国には行っていません」というの
が彼らに共通しているとも洩らしていた。

本書にはそうした関係者たちの、苦しい胸の内を明かす証言が幾つかさりげなく
使われている。そこに著者の人間観・歴史観があり、その点に私も強い共鳴を持つ。
怒りだけ、あるいはヒューマニズムだけ、そういう単色で本書を書きあげたなら一
時的にもてはやされるだろうが、著者はまったくそのような道を選択していない。

著者のノンフィクションに通じる作品には、人間の持つ能力がある制約を超える
ととんでもないことをやってのけるという人間省察が描かれている。そうした人間
像はいつの時代にも存在する。その人間像を丹念に追うことではからずも時代の本
質が見えてくる。著者の言いたいこと、あるいは言わなければならないこと、とい
うのはそこにあるのではないかと、改めて私は受けとめている。その姿勢に共感す
るのが、自問への私の「答え」とつぶやくのである。

（ノンフィクション作家）

編集部より

本書には、差別的表現あるいは差別的表現ととられかねない箇所が含まれています。が、著者は既に故人であり、作品が時代的な背景を踏まえていること、作品自体は差別を助長するようなものでないことなどに鑑み、原文のままとしました。明らかな誤植等につきましては、著作権継承者の了解のもと、改稿いたしました。

本書は「細菌」というタイトルで、雑誌「現代」に連載（昭和四十五年四月〜十月）、講談社から単行本として刊行され、のち講談社文庫に収録の時（昭和五十年十月）に「蚤と爆弾」と改題されました。

この本は平成元年八月に小社より刊行された文庫の新装版です。

DTP制作　ジェイ エスキューブ

本書の無断複写は著作権法上での例外を除き禁じられています。
また、私的使用以外のいかなる電子的複製行為も一切認められておりません。

文春文庫

蚤（のみ）と爆弾（ばくだん）

定価はカバーに表示してあります

2015年4月10日　新装版第1刷
2023年11月15日　第3刷

著者　吉村昭（よしむらあきら）

発行者　大沼貴之
発行所　株式会社文藝春秋

東京都千代田区紀尾井町3-23　〒102-8008
TEL 03・3265・1211㈹
文藝春秋ホームページ　http://www.bunshun.co.jp

落丁、乱丁本は、お手数ですが小社製作部宛お送り下さい。送料小社負担でお取替致します。

印刷製本・TOPPAN

Printed in Japan
ISBN978-4-16-790348-0

（　）内は解説者。品切の節はご容赦下さい。

吉村　昭
磔（はりつけ）
慶長元年春、ボロをまとった二十数人が長崎で磔にされるため引き立てられていった。歴史に材を得て人間の生を見すえた力作。「三色旗」「コロリ」「動く牙」「洋船建造」収録。（曾根博義）
よ-1-12

吉村　昭
朱の丸御用船
江戸末期、難破した御用船から米を奪った漁村の人々。船に隠されていた意外な事実が、村をかつてない悲劇へと導いてゆく。追い詰められた人々の心理に迫った長篇歴史小説。（勝又　浩）
よ-1-35

吉村　昭
遠い幻影
戦死した兄の思い出を辿るうち、胸に呼び起こされた不幸な事故の記憶。あれは本当にあったことなのか。過去からのメッセージを描いた表題作を含む、滋味深い十二の短篇集。（川西政明）
よ-1-36

吉村　昭
三陸海岸大津波
明治二十九年、昭和八年、昭和三十五年。三陸沿岸は三たび大津波に襲われ、人々に悲劇をもたらした。前兆、被害、救援の様子を、体験者の貴重な証言をもとに再現した震撼の書。（髙山文彦）
よ-1-40

吉村　昭
関東大震災
一九二三年九月一日、正午の激震によって京浜地帯は一瞬にして地獄となった。朝鮮人虐殺などの陰惨な事件によって悲劇は増幅される。未曾有のパニックを克明に再現した問題作。
よ-1-41

吉村　昭
海の祭礼
ペリー来航の五年も前に、鎖国中の日本に憧れて単身ボートで上陸したアメリカ人と、通詞・森山の交流を通して、日本が開国に至る意外な史実を描いた長篇歴史小説。（曾根博義）
よ-1-42

（　）内は解説者。品切の節はご容赦下さい。

吉村　昭
海軍乙事件

昭和十九年、フィリピン海域で連合艦隊司令長官、参謀長らの乗った飛行艇が遭難した。敵ゲリラの捕虜となった参謀長が所持していた機密書類の行方は？　戦史の謎に挑む。（森　史朗）

よ-1-45

吉村　昭
ひとり旅

終戦の年、空襲で避難した谷中墓地で見た空の情景、小説家を目指す少年の手紙、漂流記の魅力について――事実こそ小説であるという著者の創作姿勢が全篇にみなぎる、珠玉のエッセイ。

よ-1-47

吉村　昭
逃亡

戦時下の緊迫した海軍航空隊で苛酷な日々を送る若き整備兵は、見知らぬ男の好意を受け入れたばかりに、軍用機を炎上させて脱走するという運命を背負う。初期の傑作長篇。（杉山隆男）

よ-1-48

吉村　昭
深海の使者

第二次大戦中、杜絶した日独両国の連絡路を求め、連合国の封鎖下にあった大西洋に、数次に亘って潜入した日本潜水艦の苦闘を描く。文藝春秋読者賞を獲得した力作長篇。（半藤一利）

よ-1-49

吉村　昭
虹の翼

人が空を飛ぶなど夢でしかなかった明治時代――ライト兄弟が世界最初の飛行機を飛ばす何年も前に、独自の構想で航空機を考案した二宮忠八の波乱の生涯を描いた傑作長篇。（和田　宏）

よ-1-50

吉村　昭
総員起シ

百二名の乗員を乗せ沈没した伊三十三潜水艦。九年後の引揚げ作業中、艦内の一室から生けるが如き十三の遺体が発見された。表題作他「鳥の浜」「海の柩」「剃刀」「手首の記憶」の全五篇。

よ-1-51

（　）内は解説者。品切の節はご容赦下さい。

吉村　昭
蚤と爆弾
第二次大戦末期、関東軍による細菌兵器開発の陰に匿された、戦慄すべき事実とその開発者の人間像。戦争の本質を直視し、曇りなき冷徹さで描かれた異色長篇小説。（保阪正康）
よ-1-52

吉村　昭
闇を裂く道
大正七年に着工、予想外の障害に阻まれて完成まで十六年を要し、世紀の難工事といわれた丹那トンネル。人間と土・水との熱く長い闘いをみごとに描いた力作長篇。（髙山文彦）
よ-1-53

吉村　昭
夜明けの雷鳴
医師　高松凌雲
パリで近代医学の精神を学んだ医師・高松凌雲は、帰国後、旧幕臣として箱館戦争に参加、敵味方分け隔てのない医療を実践する。日本医療の父を描いた感動の幕末歴史長篇。（最相葉月）
よ-1-54

吉村　昭・永田　力　繪
東京の下町
戦前の東京・日暮里界隈で育った著者が、思い出を鮮やかに綴った名エッセイ。食べ物、遊び、映画や相撲見物から、事件、戦災まで、永田力氏の挿絵と共に下町の暮しがよみがえる。
よ-1-55

吉村　昭
殉国
陸軍二等兵比嘉真一
「郷土を渡すな。全員死ぬのだ」太平洋戦争末期、陸軍二等兵として祖国の防衛戦に参加した比嘉真一。十四歳の少年兵の体験を通し、沖縄戦の凄まじい実相を描いた長篇。（森　史朗）
よ-1-56

吉村　昭
幕府軍艦「回天」始末
明治二年三月、宮古湾に碇泊中の新政府軍の艦隊を、旧幕府軍の軍艦「回天」が襲う。初めて海上から箱館戦争が描かれ、後の『天狗争乱』につながる隠れた名作。（森　史朗）
よ-1-57

（　）内は解説者。品切の節はご容赦下さい。

半藤一利
ノモンハンの夏
参謀本部作戦課、関東軍作戦課。このエリート集団が己を見失ったとき、悲劇は始まった。司馬遼太郎氏が果たせなかったテーマに、共に取材した歴史探偵が渾身の筆を揮う。（土門周平）
は-8-10

半藤一利
ソ連が満洲に侵攻した夏
日露戦争の復讐に燃えるスターリン、早くも戦後政略を画策する米英、中立条約にすがってソ満国境の危機に無策の日本軍首脳――百万邦人が見棄てられた悲劇の真相とは。（辺見じゅん）
は-8-11

半藤一利
日本のいちばん長い日　決定版
昭和二十年八月十五日。あの日何が起き、何が起こらなかったのか？　十五日正午の終戦放送までの一日、日本政府のポツダム宣言受諾の動きと、反対する陸軍を活写するノンフィクション。
は-8-15

半藤一利
あの戦争と日本人
日露戦争が変えてしまったものとは何か。戦艦大和、特攻隊などを通して見据える日本人の本質。「昭和史」「幕末史」に続き、日本の大転換期を語りおろした〈戦争史〉決定版。
は-8-21

半藤一利・加藤陽子
昭和史裁判
太平洋戦争開戦から七十余年。広田弘毅、近衛文麿ら当時のリーダーたちはなにをどう判断し、どこで間違ったのか。半藤〝検事〟と加藤〝弁護人〟が失敗の本質を徹底討論！
は-8-22

半藤一利
聯合艦隊司令長官　山本五十六
昭和史の語り部半藤さんが郷里・長岡の先人であり、あの戦争の最大の英雄にして悲劇の人の真実について熱をこめて語り下ろした一冊。役所広司さんが五十六役となり、映画化された。
は-8-23

半藤一利・保阪正康
そして、メディアは日本を戦争に導いた
近年の日本社会と、戦前社会が破局へと向った歩みには共通点があった？　これぞ昭和史最強タッグによる決定版対談！　石橋湛山、桐生悠々ら反骨の記者たちの話題も豊富な、警世の書。
は-8-28

本の話

読者と作家を結ぶリボンのようなウェブメディア

文藝春秋の新刊案内と既刊の情報、
ここでしか読めない著者インタビューや書評、
注目のイベントや映像化のお知らせ、
芥川賞・直木賞をはじめ文学賞の話題など、
本好きのためのコンテンツが盛りだくさん！

https://books.bunshun.jp/

文春文庫のぶんこアラ